헤르만 헤세 시집

벗에게 시집을 들고

헤르만 헤세 시집

헤르만 헤세 글 · 그림

이정순 옮김

차 례

Aus den Jahern 1911 ~ 1918

Aus den Jahern 1944 ~ 1962

서시

어느 벗에게 시집을 들고

Einem Freund Mit dem Gedichtbuch

전설 같던 유년시절 이래
나를 동요시키고 즐겁게 해 주었던 것,
이 모든 찰나적인 것, 다채롭게 산재해 있는 것들,
명상과 몽상들
기도들, 구애와 비탄 따위를
그대는 이 책장들에서 다시 찾을 수 있을 것이오.
다만 그들이 소망한 것에 불과하며 무용한 것들이었는지,
우리 너무 진지하게 묻지 말아요 -
다정하게 받아주시구려, 옛 노래들을!
우리, 노쇠한 사람들에겐 그 한 동안이
지난날 베풀어졌고, 위로가 되지 않았오,
수천수만 행의 시구들 뒤 안에선
삶이 꽃피어 났고, 한때 값진 것이었다오.

우리가 그처럼 하잘 것 없는 것에 매달려 있었다는 것을
해명하라는 요구를 받는다면
아마도 우리는 한결 가벼운 짐을 지게 될 터이오,
오늘 밤 날아간 비행기보다,
군대의 유혈 낭자한 무리보다
이 땅의 주인님들보다, 위대하신 분들보다.

마지막 노래 네 곡 그리고

Vier letzte Lieder und andere

봄

Frühling

어스름한 무덤 속에서
나 오래, 오래도 꿈꾸었네라
너의 나무들과 파아란 하늘을
너의 향기와 새소리들을.

내 앞에 바야흐로 펼쳐졌구나
반짝이며 맵시낸 네 모습
눈부신 햇살 담뿍 받아
신비스런 기적이런 듯.

나를 다시 알아보는 듯, 너
이리도 살포시 나를 홀리니
쫘아악, 전율이 내 온 지체를 훑으며 지난다,
너 축복으로 여기에 와 있음에.

9월

정원은 한창 오열嗚咽 중이라,
빗물 서늘하게 가라앉네, 꽃송이들 속으로.
여름날이 몸을 떨고 있네
고요히 제 종말을 향해.

황금빛으로 한잎 두잎 톡톡 떨어져 내리네,
우람한 아카시아 나무에서.
여름은 경이로워 미소를 머금네, 지칠 대로 지쳐
죽어가는 정원의 꿈속에서.

철늦은 장미꽃 곁에 한 동안을
멈춰선 채 여름은 안식이 그리워,
서서히 제 커다란
지친 두 눈을 감는다.

잠자리에 들며

Beim Schlafengehen

낮이 이리도 나를 고달프게 했으니
이제 나의 사무친 갈망을
별빛 영롱한 밤이 반가이 맞아주리라
곤한 아이처럼.

손들이여, 하던 모든 일일랑 내버려 두게나
이마여, 모든 상념을 잊어버리게나
내 모든 감각은 이제 더는 감시받지 않으면서
자유로운 비상으로 너울너울 떠다니리
밤이라는 마법의 영역 속에서
깊이깊이 수천수만 배로 살아가기 위해.

저녁노을 속에서

Im Abendrot (Joseph von Eichendorff)

우리 고난과 기쁨을
손에 손을 맞잡고 지나왔으니
방랑길에서 이제 우리 함께 휴식을 취해야 하리,
고요한 고장을 내려다보면서.

빙 둘러 골짜기들 드리워져 있네
어느새 대기는 어두워오는데
두 마리 종달새만이 여전히 날아오르네
자욱한 향기 속에 밤 꿈을 꾸면서.

이리로 오세요, 종달새의 날갯짓일랑 내버려 두어요
금세 잠들 시간이 올 터이니
우리 이 외로움 속에서
길을 잃고 헤매지 말아야 하니.

오오 이 광막한, 고요한 평화여!
이리도 깊숙이 저녁노을 속에서
얼마나 우린 지쳐있는가, 방랑하느라 —
이게 어쩌면 죽음이라는 건지.

---

*네 곡은 리하르트 슈트라우스(Richard Strauss 1864-1949)가 만년에 작곡한 가장 아름다운 가곡의
가사가 된 헤세의 시 3편과 낭만주의 시인 요제프 폰 아이헨도르프 (Joseph von Eichendorff 1788-1856)
시, 〈저녁노을 속에서 Im Abendrot〉이다.

포도주를 마시며

Beim Wein

이따금 정적 속에 혼자 서늘한 방에서
한 잔 마시는 건 기분 좋은 일이다,
해묵어 근사한 맛이 든 포도주와
흐뭇한, 친밀한 벗끼리의 대화를 나누는 건.

그럴 땐 그 시절이 와주기를 소망해본다,
이 땅에서의 내 순례와 나에게
또 한 번, 비록 그게 고통스러울지라도,
순결하게 성숙한 날이 오게 되기를.

벗 하나 나에게 선물처럼 와주기를,
철철 넘치는 내 생애의 포도주잔을
감사히 그 소중한 향유를 만끽할,
잘 숙성한 포도주에 걸 맞는 애주가 벗이.

Aus den Jahren
1895 ~ 1898

너무 늦게

Zu Spät

가느다란 벽주壁柱하며 마치 성채처럼
짐짓 고풍古風으로 서있다. 연보라색 아스터 꽃 위에는
철늦은 나비 한 마리 아직도 이리저리 헤매고 있다
병든 날개를 파드닥대며.
시들은 꽃밭이 말한다,
내가 너무 늦게야 왔다고.

발코니에는 비단 옷을 입고
오만한 눈매로 칙칙해진 가장자리 속에서
창백한 여왕님은 희미하게 오만하게 서있다,
막 손을 치켜들려 한다, -
나는 자신을 용서할 수가 없다,
내가 너무 늦게 온 것을.

나는 별이다

Ich bin ein Stern

나는 별이다 푸른 하늘에,
세상을 관찰하며, 경멸하지,
내 자신의 불길 속에서 타버린다.

나는 바다이다, 밤이면 폭풍우 치는
비탄하는 바다이다, 옛 죄악에다
새로운 죄악을 쌓아가는 무거운 제물을 바쳐야 하는,

나는 너희들의 세계에서 추방당해
오만으로 키워지고 오만에 기만당한,
나라 없는 제왕이다.

나는 침묵하는 열정이다,
집이래야 가축도 없고 전쟁 속에선 칼도 지니지 못한 채,
내 자신의 위력에 병을 앓는다.

청춘은 사라져가고

Jugendflucht

기진한 여름은 머리를 숙이고
호수에 비친 누렇게 바랜 제 영상을 들여다본다.
지칠 대로 지친 나 먼지에 덮여
가로수길 그늘을 거닐고 있다.

수줍은 미풍이 포플러 사이로 부는 듯 마는 듯 나부낀다
뒤에는 하늘이 노을에 빨갛게 불타오르고
앞에는 저녁의 불안이 놓여있다
— 황혼과 — 그리고 죽음이 —

지칠 대로 지친 나 먼지에 덮여 거닐고 있다
청춘은 내 뒤에 머뭇머뭇 뒤쳐져선
잘 생긴 얼굴을 숙이곤 좀체 앞장서 가려하지 않는다.

마을의 저녁풍경

Dorfabend

양치기가 양떼를 몰고
마을의 숨죽인 골목길로 들어선다,
가옥들은 막 잠이 드는 참인데
이미 황혼이 깃들어 꾸벅꾸벅 졸고 있다.

나 이 담 벽 속에서
그 순간 유일한 낯선 나그네이니
가슴은 슬픔에 젖어
그리움의 잔을 송두리째 마신다.
길이 나를 어디에로 이끌어가든
집집마다 아궁이에선 불이 타고 있다.
다만 나만이 느끼지 못한다,
고향이란 무엇인가, 조국은?

여름날의 휴식

Sommerruhe

I

바람은 나무 가지에서 휴식을 취하며
지쳐 다만 저 혼자 이리저리 그네를 탄다,
멀리 어느 축제에서인 듯
사라져가는 노래 한 곡의 흔적이 울린다.

나의 행복은 잠자리에 들었다
꿈속에서 반쯤만 웃는다
아름다운 갸름한 뺨을 하고
입술은 거의 그 고운 빛을 잃은 채.

내 사랑하는 이 내 노래의 품안에
몸을 눕히고
고운 몸 기지개를 켠다
두 눈을 커다랗게 뜬다.

시구詩句의 가벼운 구속이
내 손에서 떨어져 내린다,
내 노래는 나래를 구부려
녹색 수면隨眠의 나라로 들어간다.

Ⅱ
빨간 태양이 늪의 깊숙한
흐름 속에 누워 있고
길을 잃은 나비 한 마리
갈대와 갯버들 가지 위로 날아간다.

내 가슴이 잃어버린 모든 것,
청춘의 기백과 어린아이의 평온은
여기 노란 갈대 줄기 속에서 졸고 있다
외롭게, 말없이, 세상과 등지고.

광대하게 펼쳐진 저녁노을처럼
나의 삶과 고통은 가로놓여있다,
유유히 어느 어두운 나룻배처럼
나의 꿈들이 저쪽으로 미끄러져간다.

내 거치른 오감 위로
평온이 쏟아 부어졌다,
이전의 나 현재의 내가
어느 꿈속에서 녹아 합쳐진다.

Aus den Jahren
1899 ~ 1902

8월

August

여름의 가장 아름다운 밤이었다,
이제 적막한 그 집 앞에서 그는 초인종을 울린다,
향기 속에 달콤한 새소리를 들으며
은밀히 다시는 되 돌이킬 수 없이.

이 황금빛 샘물의 시간에
붉은 노을 찬란한 여름이 제 가득한 술잔에서
게걸스레 쏟아 붓는다,
그러곤 제 마지막 밤을 경축한다.

어머님의 정원에 —

Im Garten meiner Mutter steht -

어머님의 정원엔
하얀 백양나무 한 그루 서있지
미풍이 잎 사이로 들리는 듯 마는 듯
가벼이 나부낀다.

어머님께서는 길을 이리 저리로
찾으시며 서글픈 마음으로
생각에 잠겨 거니셨지,
내가 어디에 있는지 모르고 계셨으므로.

어두운 죄의식이 나를 엄습하여
온 주위로 애타게 고통스레 나를 몰아댄다.
어머님, 부디 참아주서요
그리고 제가 죽었으려니 여겨주서요.

재회

Das Wiedersehn

태양은 이미 몸을 숨기고
희미한 능선 너머로 가라앉았다,
노랗게 물든 공원 안 소슬한 바람
낙엽 깔린 길과 벤취 하나,
그때 너를 보았다 너는 나를,
너는 조용히 검은 말을 타고 있었지
그리고 조용히 말을 타고 기품 있게
바람을 뚫고 낙엽을 밟으며 성으로 달려갔다.

그건 정말 슬픈 재회였다,
너는 창백하게 느릿느릿 내쳐갔다,
높다란 난간에 붙어선 채 나 서있었다,
어둑어둑 저물어져 왔고 누구도 아무 말도 않았다.

굴러가는 가랑잎

Das treibende Blatt

내 앞에 굴러와
가랑잎 한 닢 나부낀다.
방랑과 젊음과 사랑은
제 시간과 종말이 있는 법.

이 낙엽은 궤도도 없이 헤매는구나
바람 불어가는 대로.
숲속에 수렁 속에서야 비로소 멎어서겠지 . . .
나의 여로는 그러나 어디에로 가는가?

백양나무

Die Birke

어느 시인의 꿈속 넝쿨도
보다 가늘게 가지를 치진 못 하리
보다 가벼이 바람에 나부끼진 못 하리
보다 기품 있게 창공을 향해 치솟아 오르진 못 하리라.

여리고, 어린데다 가냘픈 터에
너 새하얀, 기다란 가지들을
매 숨결마다 싱싱하게 꼿꼿이 달려 있도록
생색내지 않으면서 챙겨준다.

이제 살랑살랑 아래위로 가벼이 흔들면서
너 그 여리디여린 살랑대는 소리로
나에게 은밀하고 순결한
젊은 날 사랑의 비유를 비춰주려 한다.

번갯불

Wetterleuchten

번갯불이 멀리서 열병을 앓는다,
수줍은 별처럼 기묘한 불빛을 띤
쟈스민 꽃은 너의 머리칼 속에서
새하얗게 아른댄다.

너의 신비스런 위력에
너의 무거운, 별 없는 밤에
우리는 키스를 제물로 바친다, 장미를,
숨 가쁜, 무더운 밤이여.

기쁨도 광채도 없는 키스를,
우리 거의 후회하지 않을 키스를 —
장미여, 희미한 무도 속에 너
무르익은 꽃잎들을 흩날려 보낸다.

이슬도 없이 지나가는 밤이여!

기쁨도 눈물도 없는 사랑이여!

저 위에는 우리 무서워하면서도 갈망하는

한 줄기 번갯불이 서있다.

들녘 너머

Über die Felder

하늘 위엔 구름이 흘러가고
들녘 위엔 바람이 불어간다,
들녘 너머로는 내 어머님의
잃어버린 탕아*가 방랑하고 있다.

길 위엔 가랑잎들 나부끼고,
나무위엔 새들이 울부짖는데 -
저 산 너머 어디엔가
내 먼 먼 고향이 있다.

---

* 신약성서(누가복음 15, 11ff)에 나오는 "돌아온 탕아蕩兒 der Verlorene Sohn"의 우화를 연상해 볼 것.

엘리자베트

Elisabeth

I

그대의 이마위에 입가에 손등엔
고운, 보드랍게 해맑은 봄날이 와있군요.
플로렌스의 옛 그림에서 보았던
화사한 마법이.

그대는 옛날 언젠가 살았죠,
그대 여릿여릿 가녀린 5월의 자태여,
꽃무늬 화사한 옷을 입은 플로라여신*으로
보티첼리도 그대를 그렸었죠.

그대는 한번 인사로
청년 단테의 넋을 사로잡은 바로 그 여인,
그대의 발길은 의식 못하는 사이
낙원으로 통하는 길을 알고 계셨죠.

---

* 고대 이탈리아의 꽃과 과일의 여신으로 그리스 신화 속의 클로리스Chloris 여신에 해당된다.

Ⅱ

이야길 들려줘야만 하겠군요,
이미 밤은 깊었어도 ―
나를 괴롭히려는 건가요,
아름다운 엘리자베트여?

그 이야길 나 시로 지어요,
그대 이야기도 덧붙여,
내 사랑의 이야기는 오늘
이 저녁과 그대입니다.

방해하지 마세요,
시운詩韻이 흩날려 갈 테니,
머잖아 그대 그 이야길 들으실 거에요,
듣고도 이해 못할 그 이야기를.

Ⅲ
한 조각 하얀 구름처럼
높은 하늘에 떠있네
순백의 화사한 먼 먼
그대, 엘리자베트여.

구름은 흘러가며 방랑하는데,
그대 거의 아랑곳 않아도,
그러나 그대의 꿈속을 지나
구름은 어두운 밤에도 흘러가네.

흘러가며 은빛으로 반짝이며
내쳐 쉬지 않고 흐르니
그대 하얀 구름을 향해
달콤한 고향그리움에 사무칩니다.

Ⅳ

말해도 될까요, 그대가 나의
고운 누이처럼 여겨진다고,
이 은밀한 행복과 쾌락을 좇는 욕망이
내 영혼 속에서 기묘하게 하나가 된다고?

우리 두 사람 모두 멀리에서 온 나그네들,
어두운 밤이 시작되면, 이제 곧
우리 꼭 같은 불안한 고향그리움으로
괴로워야 하나요?

한 밤에

In der Nacht

이런 생각에 종종 잠에서 깨어났다,

지금 배 한척이 서늘한 밤을 헤집고

바다를 찾아 해변을 향해 떠가고 있고,

그 뜨거운 그리움이 나를 갉아 먹고 있다는 생각에.

지금 어느 뱃사람도 모르는 장소에

한 줄기 붉은 북극광이 보이지 않게 불타고 있다는 생각에.

지금 어느 아리따운 낯선 여인의 팔이 사랑을 갈구하며

하얗고 따스한 베개에다 눌러 비비고 있다는 생각에.

나의 벗으로 정해졌던 한 사람이

지금 바다 속에서 어두운 종말을 맞고 있다는 생각에.

나를 결코 모르셨던 내 어머님께서

어쩌면 잠 속에서 내 이름을 부르고 계시리라는 생각에.

그 시간

Die Stunde

아직 시간은 있었다, 난 갈 수도 있었다,
그랬다면 모든 건 일어나지 않았을 거다,
모든 건 깨끗하고 분명했을 거다,
바로 그날 이전처럼!

분명 그래야 했다. 그 시간은 왔던 것이다,
짧고, 후덥지근한, 그리고 그건
변함없이 결연한 걸음걸이로
청춘의 모든 광채를 함께 앗아갔다.

기도

Gebet

언젠가 당신의 모습 앞에 서게 되면,
당신이 저를 혼자 내버려두셨던 것을
고아처럼 위로 받지 못해 슬픔에 젖어
이 골목 저 골목을 방황하며 다녔는지를 생각할 겁니다.

그땐 섬뜩하게 무서웠던 밤들을 생각할 겁니다,
궁핍과 뜨거운 고향그리움으로 불안에 떨던 칠흑의 밤들을.
한 어린아이가 얼마나 당신의 손을 갈망하였는지를
그러나 당신은 어떻게 당신의 오른손을 거부하셨는지를.

제가 소년일 때 매일 당신께로,
제 어머님께로 되돌아갔던 그 시절을 생각할 겁니다
제게 기도를 가르쳐주신 제 어머니를.
그리고 당신보다 제 어머님께 더 고마워해야 할 겁니다.

철학

Philosophie

무의식에서 의식에로,
거기서 다시 수많은 오솔길들을 지나
우리가 무의식적으로 의식했던 것에로 되돌아,
그곳에서 아무 은총도 없이
회의懷疑에로, 철학에로,
아이러니의
첫 단계에 도달한다.

다음엔 꾸준한 관찰을 통해
예리하고 다각적인 성찰을 통해
혹독한 강철 같은 위력 속에
세계경멸이라는 냉철한 심연이
우리를 서릿발 같은 정신착란에로 몰고 간다.

그 심연은 그러나 약삭빠르게 우리를
인식이라는 협소한 틈새를 지나
달콤 쌉싸래한 노년의 행복에로 돌이켜 놓는다,
자기경멸에로.

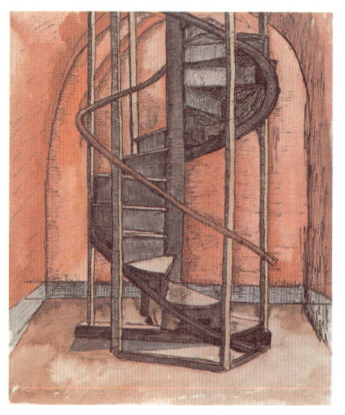

물결처럼

Wie eine Welle

포말의 관을 쓴 한 줄기 물결처럼
푸른 밀물 밖으로 갈망에 가득 차 솟구친다
기진하여 아름답게 대양에서 장려하게 광휘를 잃어간다

나지막한 미풍 속 한 조각 구름처럼
돛으로 향해하며 모든 순례자의 동경을 일깨운다
새하얗게 은빛으로 낮에로 흘러 사라져간다 —

뜨거운 길가에서 들리는 노래 한 곡처럼
오묘한 운을 맞춘 낯선 음향으로 울린다
너의 가슴을 이 고장 넘어 멀리멀리 앗아 간다 —

그렇게 나의 인생은 덧없이 시간을 관류하며 흘러간다,
이제 머잖아 소리도 죽어가고 남몰래 들어가리라
그리움의 왕국으로, 영원의 왕국으로.

그는 어둠 속을 걸었다

Er ging m Dunkel

그는 어둠속을 즐겨 걸었다, 시커먼 나무들의
겹겹이 겹친 두터운 그늘이 그의 꿈들을 식혀주던 곳.

그러나 그의 가슴속에는 빛을 향해 사로잡힌
불타는 갈망이 앓고 있었다, 빛을 향해!

그는 미처 몰랐다, 저 위 맑은 하늘엔
순결한 은빛 별들이 가득했다는 걸.

귀향

Heimkehr

낯선 고장에 나그네로
오래도 있었다,
그래도 내 옛 집에서
치유되진 못하였다.

나 온갖 고장을 찾아다녔나
영혼을 진정시켜 주는 곳이라면,
이제 한결 진정되었지만
새로이 고통에로 소망하였다.

이리로 오라, 친숙한 고통이여,
나 쾌락으로 포만하여 있다.
우리 다시 싸우고 싶다
가슴에 가슴을 맞대고 나뒹굴고 싶다.

탈선

Die Entgleisten

오 유쾌한 청춘이여, 너 얼마나 낯선가!
우리 그리도 오래 잔치를 즐겼지
낮들은 빈들거리며 허비하였고, 밤들은 흥청망청 탕진하였다,
돈을 위해 우리의 노래들을 흥얼거렸다.

너무 늦었다! 행복의 섬으로 건너가는
어떤 다리도 이제 더는 없다,
탕아蕩兒의 회한에 찬
귀향의 시간은 지났다.

너무 늦었다! ─ 그처럼 폭풍우에 휩싸어
탈선한 녀석들의 배는
무도곡과 허례허식으로 깃발 휘날리며
키도 없이 파도를 넘어간다.

꿈

Traum

그건 언제나 같은 꿈이었다,
빨간 꽃 피어있는 마로니에 한 구루,
여름 꽃 만발한 어느 정원,
그 앞엔 외로이 낡은 집 한 채.

그곳, 정적이 깃든 정원이 있던 곳에서,
내 어머님께서는 요람 속의 나를 흔들어 주셨지
어쩌면 - 오래 전이었겠지 —
이제 정원도, 집도 나무도 없다,

어쩌면 지금쯤 풀밭에 난 길 하나
쟁기며 써레 따위 치워놓았겠지,
고향 땅엔, 정원이고 집이고 나무 따위
아무 남아 있는 게 없다, 나의 꿈밖에는.

어머님께

Meiner Mutter

당신께 드리고 싶은 말씀 숱하게 많아요,
제가 너무 오래 낯선 객지에 머물렀지만
그러나 어머님께선 매일 저와 함께이셨지요.
저를 제일 잘 이해해 주시던 분, 당신.

이제, 오래전부터 당신께 드리려던
저의 첫 선물을,
수줍은 어린아이 손안에 들려 있건만,
당신께서는 이미 눈을 감으셨군요.

그래도 느껴도 되겠지요, 읽노라니
어떻게 제 통증이 야릇하게 잊혀지던지를,
그건 당신의 그지없이 다정한 모습이
수천수만 가닥의 실오라기로 저를 감싸고 있기 때문입니다.

편지

Der Brief

하늬바람이 불어
보리수나무들이 심하게 신음을 한다,
가지들 사이로
달이 내 방안을 엿보고 있다.

나를 버리고 떠나간
사랑하는 여인에게 기나긴
편지를 썼다,
달이 편지 장을 비춰준다.

한 줄 한 줄 따라 내려가는
고요한 달빛에
나의 가슴은 눈물 흘리느라
잠을 잊는다, 달을, 밤 기도를 잊는다.

순수한 즐거움

Reine Lust

대지의 가슴에 안기어 조용히 쉬는 것보다
더 순수한 즐거움을 이 세상에서 아지 못 한다,
먼지 자욱한 길 뜨거운 담벼락 위에서,
내 위로 짙은 파란색이 널리널리 퍼지면
어느 미지의 행복을 향해
나의 소망이 은밀히 미소를 머금고 갈망할 때.

나를 꼭 같이 사로잡는 단 하나를 알고 있다,
좁다란 널빤지 조각배 위에 나를 맡기곤 이리저리 흔들리는 것,
온 주위가 정오의 유리알 속에서 빛을 비추면,
어느 푸른 바다의 광막함이 누워있고
내 지친 그리움을 고향을 향해 날라 가는
아스라이 먼 나룻배 하나이 하얀 돛을 올릴 때.

흰 구름

Weisse Wolken

오 보아라, 일렁이며 다시 흘러간다
잊혀진 아름다운 노래의
나직한 멜로디처럼
푸른 하늘에!

어떤 가슴도 저 구름을 이해하지 못하리
오랜 항해 중 온갖 흘러감에 대해
일가견을 터득하지 못하였다면,
방랑의 기쁨을 알지 못하고서는.

나 흰 구름을 사랑한다, 풀어헤쳐진 것을,
태양처럼, 바다처럼, 바람처럼,
저들은 고향을 잃은 자에겐
누이들이고 천사들이기에.

정원마다 울리는 바이올린 소리

Eine Geige in den Gärten

아득히 먼 어스름한 모든 골짜기에서
달콤한 지빠귀 우짖는 소리
내 심장은 조용한 고뇌 속에서
귀 기울여 들으며 날이 샐 때까지 경련을 일으킨다.

기나긴, 달빛 받아 반짝이는 시간이
나의 그리움을 지켜보고
남모르는 숨겨둔 상처를 앓으며
밤 속으로 출혈을 한다.

정원마다 한 가닥 바이올린 소리
부드러운 활 놀림으로 비탄한다,
깊은 피로감이
내 위로 구원처럼 엄습한다.

저 아래 낯선 현을 켜는 이,

그처럼 부드러이 어둡게 비탄하는 그이여,

그대 어디에서 그 노래를 찾아냈는가,

나의 온 그리움을 말해주는 그 노래를?

Aus den Jahren

1903 ~ 1910

높은 산속 저녁 무렵

Hochgebirgsabend

어머님께 *An meine Mutter*

지극히 행복한 하루였다. 알프스는 붉게 타오르는데 . . .
이제 당신께 아득히 넓은 밝은 세상을 보여드리고 싶다.
가만히 서서 오래오래 당신과 함께 침묵하고 싶다,
이 오묘한 희열 때문에 ─ 오오 어이 당신은 돌아가셨는가!

골짜기에선 밤이 이마에 구름을 잔뜩 두른 채
장려하게 피어올라 다가오며,
나직한 걸음으로 절벽을, 목장을, 만년설을 꺼가고 있다.
나 뚫어져라 응시한다 - 당신 안 계시는데 무슨 소용이란 말인가.

이제 암흑과 적막이 아득히 멀리까지 퍼져가고
내 가슴 역시 어두워져 함께 애도하는데,
그때 내 곁에 나직한 발걸음처럼 다가와

"나다! 나라고! 애야! 애야, 날 이젠 못 알아보겠니?
밝은 대낮일랑 너 혼자 즐기렴!
그러나 별 하나 없는 밤이 돌아오면,
너의 영혼이 어둡고 불안하여
내가 그립고 아쉬울 때면, 나 분명 네 곁에 있느니."

저녁녘 다리위에서

Abends auf der Brücke

저녁 무렵엔 다리위에 서보아야 한다,
저 아래 어두운 강물을 보기 위해
강물이 요란스레 소리 내며 흘러가는 양을
그리움에 사무쳐 계속 포효하는 양을 ― 어디로? 집으로?

여러 해를 나 떠나 있었다
안식도 없이 그리움에 사무친 갈망과 함께,
흐르는 강물들과 구름과 바람과 함께
고향을, 안식을 찾기 위해.

여전히 계속 가노라면 시간을 알리는 종이 울리겠지,
새하얀 린넨 침구*에 감싸 나를 날라 가기위해.
방랑생활이여 안녕히, 쏴쏴 강물의 포효소리여 안녕히!
사람들은 나를 조용히 날라 가겠지 ― 어디로? 집으로?

---

* '린넨 침구'란 수의를 말한다. 예부터 시신을 린넨천으로 둘러싸 장례를 치루는 풍습이 있었다.

이따금

Manchmal

이따금, 새 한 마리 지저귀면
바람 한 가닥 나뭇가지 사이로 나부끼면
먼 농가에서 개 짖는 소리 들려오면
그러면 한참을 귀 기울이다 침묵을 한다.

내 영혼은 되돌아 날아간다,
그 새와 나부끼는 바람이
나와 닮은 형제들이었던
수천수만 년 잊었던 세월 전까지.

나의 영혼은 한 그루 나무가 된다
한 마리 짐승이, 한 조각 흘러가는 구름이.
그들은 변용變容되고 낯설어져 되돌아온다,
그리고 나에게 묻는다. 난 어찌 답을 주어야 하나.

안개 속에서

Im Nebel

이상해라, 안개 속을 거니노라면!
모든 관목 모든 돌멩이는 홀로이다.
어느 나무도 다른 나무를 보지 못한다
각자는 홀로이다.

이 땅엔 벗님네들이 하도 많았지
내 삶이 아직 밝았을 적엔.
이제 안개 내리니
아무도 보이지 않네.

참으로, 어두움을 모르는 이
그 누구도 현자일 수는 없느니
은밀히 불가항력으로
모든 것에서 그를 갈라놓기에.

이상해라, 안개 속을 거니노라면!
인생이란 홀로 있는 것,
그 누구도 다른 이를 알 수 없느니
각자는 홀로이니.

2월 저녁

Februarabend

언덕위엔 파르스름한 황혼이 호수를 향해 내리 깔리고
부드러운 눈이 녹아내리며 희미하게 아른댄다,
안개 속에서 빛바랜 꿈처럼 형체도 없이
제 명 못 다한 나무들의 가지 많은 우듬지들이 표류漂流한다.

그러나 마을 곳곳엔, 졸고 있는 모든 골목길엔
밤바람이 방랑한다, 훈훈하게 숨을 죽이고 어슬렁인다,
울타리에서 휴식을 취하고 어두운 정원 안에서 그쳐선
젊은이의 꿈속에서 봄이 된다.

부드러운 초원에서

Die sanfte Wiese

부드러운 초원이 도망을 친다,
둥그런 포물선을 그리며 골짜기 쪽으로.
저 위에는 모든 게 삭막한데
아래 쪽 바닥엔 그러나 용담 꽃 피어나고
환한 황금빛 앵초꽃이 피어있다.

노래 한 곡처럼 내게 와 닿는다,
천사의 손길로,
마치 아가씨의 노래처럼 밝고 화사하다.
통증은 침묵하고, 오랜 지병은
꿈속으로 망각 속으로 가라앉는다,
딱 이 하루 동안만,
한 해에 딱 이 하루 동안만.

오 그거 참 오묘하구나,
봄이 할 수 있는 게.

꿈

Traum

악몽에서 깨어나
침대위에 앉아 밤을 응시한다.

어두움에서 그런 형상들을 불러낸
내 자신의 영혼 때문에 깊은 공포감을 느낀다.

꿈속에서 내가 저지른 그 죄악들이
과연 내 자신이 행한 일이란 말인가? 다만 망상에 불과한 것일까?

아아, 그 흉악한 꿈이 내게 계시한 건
씁쓸하지만 사실이다, 내 고유의 방식이다.

매수된 바 없는 어느 판관의 입에서
내 본성의 과오가 내게 선고되었다.

창가에선 밤이 서늘하게 숨을 들이마시고
잿빛 속에서 안개 내린 듯 아른아른 거린다.

오 감미로운, 밝은 낮이여, 어서 오라
그리고 밤이 내게 준 상처를 치유해다오!

너의 태양빛으로 나를 살살이 비춰다오, 낮이여,
네 앞에 나 다시 당당히 버틸 수 있도록!

고통스러울지라도 나를
이 흉악한 시간의 공포에서 해방시켜다오!

비 내리는 밤

Regennacht

지붕이며 처마며 곳곳엔
끊임없이 내리는 나지막한 빗방울 소리
널리 어두운 고장 속으로 깊숙이
바람 속에 오르락내리락
생명이 없는 듯 살아 있는
부드러운 너울처럼 펼쳐져 있다.
구름을 끌어내리는 들판과
대지에로 내려오려 안간힘 하는 하늘이
물결치며 흐르며 비탄하며 몸서리친다,
이 끊임없는 나지막한 노래 속에서,
깊이 울리는 바이올린 소리처럼
은밀한 그리움과 어두운 충동이
음향으로 덮여 내처 날라 가고,
그러자 여기 저기 같은 고향땅을 그리워하면서

말을 잃은 심장 하나이 동요한다.

말이, 바이올린이 표현할 수 없는 것이,

음향이 되어 고요한 위력에로 넘쳐흘러

끊임없이 나지막한 요람 흔드는 박자 속에서

바람에 요동치는 비 내리는 밤,

비탄 없이 투쟁하며 앓았던 그 밤,

이제 어두운 노래를 함께 날라간다.

구름

Wolken

구름이, 고요한 나룻배가, 내 위로
흘러가며 어루만져준다
하늘대는, 신비스런
오색영롱한 너울로 야릇하게.

파아란 대기에서 솟아오른다
비밀 가득한 매력으로
나를 사로잡는
영롱한 아름다운 세상이.

가벼운, 밝은, 온갖 세속에서 벗어난
투명한 거품들이여
너희 혹 때문은 속세의
고향 그리는 아름다운 꿈들이 아니냐?

6월 어느 바람 부는 날에

Windiger Tag im Juni

호수는 유리처럼 미동도 없는데
가파른 비탈위엔
성긴 잔디풀이 은빛으로 나부낀다.

애처롭게 울어대며 죽을까 조바심치며
허공 중에선 도요새 한 마리가 울부짖는다,
경련처럼 포물선을 그리며 비틀댄다.

대장간 낫 벼리는 소리와 애타게 갈망하는 초원의 향기가
건너편 강기슭에서 이리로 날아온다.

밤

Nacht

촛불을 끄니
열린 창문으로 밤이 밀려들어와,
나를 살며시 보듬어 안아선
제 벗으로 제 형제로 삼아준다.

우리 둘은 같은 향수병鄕愁病을 앓고 있었지,
예감에 가득한 꿈들을 내보내고
우리 아버지의 집에서 보냈던
옛 시절에 대해 소곤소곤 이야기를 나누었다.

모래언덕砂丘에서

In den Duenen

파도소리 울리는 바다에 일렁이며
너 고요히 삶을 돌이켜 미끄러져 간다
너의 가장 치열한 기쁨이 잦아드는 걸 느낀다,
가장 깊은 시련이 구원되는 걸 느낀다.

언젠가 너를 불꽃처럼 태웠던 것,
마법처럼 홀려냈던 것이
멀리 멀리에서 부서져 흩날려간다
모래 위 파도만이 유희를 하고 있었다.

미소를 머금고 너 지나간 세월을 돌아본다
폭풍우에 휩싸여 가만히 기다린다,
너의 행운이 이제 일렁이며 둘러싸려는지
아니면 새로운 더욱 사나운 폭풍우에 대비하려는지.

여름날의 방랑

Sommerwanderung

드넓은 황금빛 이삭의 바다가
잘 익은 줄기 위에서 바람에 물결친다.
말발굽과 낫 벼리는 소리가
마을에서 멀리로 울려 퍼진다.

뜨거운, 짙은 향기의 계절이여!
태양의 열기 속에
전율하며 황금빛 밀물이 이리저리 흔들린다.
무르익어 진작 수확의 채비를 마치고.[*]

낯선 나그네 나 오솔길이 아쉬워
땅 위에서 찾으며 여기저기 순례를 하니,
나 또한 익어 성숙하여졌다고 여겨지려나?
비록 낫을 든 사람[*]이 내게로 가까이 다가온다 해도?

---

[*] 서구에는 주식이 밀 보리 따위이기 때문에 수확기가 7월경이다.
[*] 여기서는 곡식을 베는 사람(der Schnitter)으로 나오지만 원래 베기 위해 "낫을 든 사람 Sensemann"이란
죽음의 사신을 상징한다.

여름의 끝

Sommers Ende

단조롭게, 나직이 비탄하며
비가 훈훈한 저녁 내내 내린다
가까운 자정子正을 향해
곤한 아이처럼 칭얼대면서.

여름은, 제 축제에 지쳐
제 화환을 시들은 손안에 들고 있다
그걸 던져버린다 - 이제 그건 꽃이 지었으니 ─
불안하게 고개를 숙이곤 끝을 내려 한다.

우리들의 사랑 역시 하나의 화환,
뜨거웠던 여름축제들로 몽땅 타오르면서,
이제 마지막 무도회에다 살며시 풀어놓는다,
비가 쏟아지니 손님들은 혼비백산 흩어진다.

시들어버린 화려함과 꺼져버린 불길에

수치심을 느끼기 전에

우리 이 사랑의 첫날밤에

이별을 나누자.

9월의 정오正午

Mittag im September

푸른 대낮이 한 시간을
하늘 정점頂點에 멈춰 서 휴식을 취한다.
그 빛은 매 사물마다 보듬어 안는다,
꿈에나 보이는 그런 모습으로,
그리하여 세상은 그늘도 없이
푸르름과 황금빛 속에 일렁이며
오롯이 향기만으로 감싸여 풍성한 평온 속에 놓여있다! ―

― 만일 이 모습 위로 그늘이 드리운다면! ―

너 그런 생각을 하자마자
그 황금빛 시간은 어느새
가벼운 꿈에서 깨어나,
점점 빛을 바래간다, 그러면서 한결 더 조용히 웃는다,
태양은 둥그런 모양으로 점점 서늘하게 식어간다.

이별

Abschied

꽃이 진 접시꽃나무가
정원 길섶을 따라 서있고
장미 꽃잎들이 나부껴 흩어진다.
어느 먼 정자에서는
류트 타는 소리와 노래 소리가 울려온다.

"우리 얘기하지 말아요,
말이 너무 무거울 테니,
여기 레제다꽃 중에서
한 다발은 여행길에 가져가세요,
이내 그것도 남는 게 더는 없을 거예요"

이제 그녀 가버렸다
가뿐한 걸음걸이로
그녀의 뺨 위에
나의 모든 장미꽃을 갖고서
내 여름도 함께.

우리는 덧없이 살아간다 . . .

Wir Leben hin . . .

우리는 형식과 허상 속에 살아가며
고통으로만 이루어진 나날 속에
암울한 꿈들이 일러주는
영원히 변화 없는 존재라는 걸 예감한다.

우리는 속임수와 거품에 기뻐하는
안내자 없는 맹인이다
초조하게 시간과 공간에서 찾고 있다,
영원 속에서만 찾아낼 수 있는 것을.

구원救援과 안녕을 소망한다,
우리가 제신諸神들이고
태초의 창조사업에 참여하는
실체 없는 꿈속 재물財物 속에서 ―

추방당한 사람

Der Ausgestoßene

구름은 소용돌이 속에 잔뜩 찌푸리고
소나무는 폭풍우에 낙락장송으로 굽은 채,
빨갛게 타오르는 저녁노을,
산위에 나무위에
무거운 꿈처럼
신의 손이 무겁게 짓누른다.

축복받지 못한 세월,
가는 모든 길마다 폭풍우,
어디에도 고향은 없고,
미궁과 실패만이 있을 뿐!
내 영혼 위에는 묵직하게
신의 손이 짓누르고 있다.

하여 모든 죄악 밖으로,
모든 어두운 심연 밖으로 나올
단 하나 남은 갈망이 있으니,
마침내 안식을 보는 것
다시는 돌아오지 않을
무덤으로 가는 것.

밤의 정서

Nachtgefühl

내 마음을 밝혀주는
깊은 푸른 밤의 위력과 함께
험악하게 요동치는 구름사이로
달과 별의 세계가 터져 나온다.

영혼이 무덤에서 불꽃으로
활활 타며 솟아나온다,
희미한 별빛 향기 속에
밤이 하프를 뜯는다.

그 부름이 있은 이후
근심이 도망가고 고통이 줄어든다.
내일엔 없을지라도
오늘은 나 여기에 존재한다!

불면증

Schlaflosigkeit

잠을 이룰 수가 없다. 별빛은
모든 창문을 검푸르게 칠해놓고, 밤은
내 얼굴을 무섭게 들여다보며
망을 본다, 망을 본다.

시간은 의미 없이 곤두박질로
멀리로 다른 나라로 흘러가는데
그 이름 없는 언저리에
나 또한 머잖아 서있겠지.

내일엔, 내일엔, 나의 심장도 다시 살겠지
쾌락이나 통증에서 생기를 얻는 것엔 아랑곳없이 한밤중까지.
내일엔, 아아, 나 더 이상 살아있지 않겠지,
그땐 이미 저 건너 새하얀 모래사장에 있겠지
졸음이 이미 멀리에서 손짓해 온다,
다른 나라에서.

Aus den Jahren
1911 ~ 1918

여행의 노래

Reiselied

태양은 내 가슴을 파고들어 비춰주고,
바람은 내 근심과 시련을 날려 보낸다!
이 세상에서 광대한 고장을 여행 중일 때보다.
더 깊은 환희를 아지 못한다.
평원을 향해 나 행로를 잡으면,
태양은 살갗을 그을려 주고 바다는 서늘하게 식혀 주리라.
대지의 삶을 우리 함께 느끼기 위해
모든 감각을 축제처럼 장려하게 열리라.

새로운 날이 샐 때마다 나에게
새로운 벗들, 새로운 형제를 가리켜 주리라
고통 없이 나 모든 위력을 찬양할 때까지,
모든 별들의 손님이고 벗이 될 수 있기까지.

여름밤

Sommernacht

오 어둡게 불타는 여름밤이여!
바이올린 소리가 훈훈한 정원에서 유혹을 한다,
불꽃놀이 탄炭들이 하늘 높이 부드러운, 가느다란
아치를 그리며 만개한다. 나의 댄스 파트너는 웃어젖힌다.

몰래 거기서 살며시 빠져 나온다. 꽃들 만발한
나무 가지들은 어스름 황혼 속에 새하얗게 바래간다.
아아, 모든 쾌락들은 그처럼 재빨리 시들어가고
오직 욕망만이 끊임없이 불타오른다.

내 청춘의 휘황찬란한 여름 축제들이여
너희들 어디에 있느냐?
즐거웠건 아니었건 모든 댄스들은
서늘하게 미끄러져 간다, 최고의 것이 빠져있으므로.

오 어둡게 불타는 여름밤이여,

그러나 꿈으로 무거운 쾌락의 술잔을

한번은 바닥까지 비우게 해다오,

나를 충족시키고 마침내 갈증을 진정시켜줄 술잔을!

축제 끝난 후

Nach dem Fest

식탁에서는 포도주가 줄줄 흘러내리고,
모든 촛불들은 점점 희미하여져 팔락거린다,
이제 다시 혼자이다,
다시 한 번 축제는 끝이 났다.

애석한 정으로 촛불을 하나씩 하나씩 꺼나간다
이제 적막이 깃든 이방 저 방에서,
다만 정원의 바람만이 겁먹은 듯
시커먼 나무들과 이야길 나누고 있다.

아아, 지친 두 눈을 감아 버리는
이 위안이 없었더라면 . . . !
다시 눈을 뜨고 싶은
욕망은 아예 느껴지지도 않는다.

Hermann Hesse - 109

젊은 날의 정원

Jugendgarten

나의 젊은 날은 정원으로 이루어진 고장이었지
고지 잔디밭엔 은빛 분수가 솟아오르고
옛이야기 속 고목나무들의 푸른 그늘이
내 오만한 꿈들의 화염을 식혀주었지.

갈증이 난 나 이제 뜨거운 길을 가고 있다
젊은 날의 정원은 잠긴 채로이다,
장미꽃들이 벽 너머로 고갯짓을 한다
방랑생활을 향해 비웃는 듯이.

서늘한 정원의 쏴쏴거리는 나무우듬지는
멀리 더 멀리에서 노래를 불러준다,
나 보다 더 진지하게 한층 더 깊숙이 귀 기울여야 하리,
그 노래 그적보다 오히려 얼마나 더 아름답게 울리는지에.

신음하는 바람처럼 -

Wie der stöhnende Wind -

밤을 꿰뚫으며 신음하는 바람처럼
그대를 향한 나의 그리움은 폭풍 같이 내닫는다,
모든 그리움이 깨어났다 −
오오 그대여 나를 병들게 하였지,
나에 대해 무얼 아는가!
은밀히 내 느지막한 불빛을 꺼버린다,
신열 펄펄 끓는 시간을 깨우기 위해,
밤은 그대의 모습을 지니고 있다,
그리고 사랑을 이야기 하는 바람은
그대의 잊을 수 없는 웃음을 지니고 있다!

예술가

Der Künstler

나 뜨거웠던 세월의 열기 속에서 창조해냈던 것이,
소란스런 장바닥에 진열되어 놓여있다.
유쾌한 세상은 경쾌한 걸음으로 지나간다,
웃고 칭송하고 모든 게 훌륭하다고 여긴다.

세상이 웃으며 나의 머리에 눌러 씌워준
이 유쾌한 월계관이 내 필생의 근력과 광휘를
송두리째 마셔버렸다는 건, 아무도 모르리라,
아아, 그리고 그런 희생은 헛된 것이었음을.

꽃가지

Der Blütenzweig

언제나 이리로 저리로
그 꽃가지는 바람 속에서 안간힘 한다,
언제나 아래로 위로
나의 마음은 어린 아이처럼 안간힘 한다,
밝은 날과 어두운 날 사이를,
의욕과 체념 사이를.

꽃잎들이 흩날려 갈 때까지
가지가 열매를 맺어 멎어 설 때까지,
내 마음 유년시절로 포만飽滿하여
안정을 찾을 때까지.
그리고 고백하길, 기쁨으로 충만하였다,
인생의 안식 없는 유희가 부질없는 건 아니었다.

심포니

Symphonie

어두운 파도치는 소리 밖으로 발효하며
삶의 소란스러운 다채로운 소리들,
저 위 언제까지나 영속하는
드높이 둥그런 궁륭형의 별들의 집.

내 삶은 가라앉아
세상 언저리로 나 너울너울 떠다니며
불길 같은 대기의 감미로운 열기에 취해
깊은 숨을 쉰다.

나 녹아 흘러나오지 못할 지경이 되면
삶의 마법의 불길이
수천의 희열로 나를 씻겨 내린다,
다시금 새로이 거대한 밀물 속으로.

풀밭에 누워

Im Grase liegend

이 모든 것이, 꽃들의 요술놀이와

여름날 밝은 초원의 영롱한 솜털,

넓게 펼쳐진 대기의 엷은 파랑색이, 벌떼의 웅웅 소리

그래 이 모든 것이 신의

신음하는 꿈이란 말이냐,

미지의 위력이 구원을 향해 부르짖는 절규란 말이냐?

푸른 하늘가에 늠름하고 당당한 말없는

먼 산의 능선들,

그들 또한 그러면 다만 경련에 불과하단 말이냐,

다만 발효하는 대자연의 사나운 장력張力에 불과하며

비탄에 불과하고, 고뇌에 불과하며, 의미 없이 와 닿는

결코 쉬는 법 없는, 결코 구원받지 못한 움직임에 불과하단 말이냐?

아아, 그럴 리 없다, 떠나가거라,

세상 고통에 대한 흉한 꿈이여!

유리알 같은 저녁녘 하루살이 떼의 무도가

한 마리 새소리가, 이마를 서늘하게 살랑살랑 아부하며

식혀주는 바람결이 그러나 너와, 흉한 꿈이여,

상쇄相殺할 값어치는 되리라 ...

떠나가거라 너 태곳적부터의 인간의 한恨이여!

그 모든 고뇌,

그 모든 고통과 그늘이 그런 방식으로 존재할 수도 있을 터이다 —

그러나 이 달콤한 햇볕 쏟아지는 한 시간은 아니다,

선홍의 클로버 꽃의 향기는 아니다,

내 영혼 속

깊고 은밀한 이 희열은 아니란 말이다.

한밤에

Bei Nacht

밤이 되어 바다가 나를 흔들어 주고

창백한 별빛이

아스라이 먼 물결위에 누우면,

하던 모든 일에서 모든 사랑에서

나를 온전히 풀어 놓는다,

그러곤 조용히 서있다, 다만 혼자서 호흡만 한다,

외로이, 바다에 흔들리며 외로이

차겁게 수천의 별빛과 함께 누워 있는 고요한 바다에 일렁이며.

그러면 나 벗들을 생각해야 한다

그녀의 눈 속에 나의 눈길을 가라앉혀야 한다

그리고 각자에게 은밀히 물어보라,

"너 아직 내 것인가?

너에게 나의 고통이 고통이고, 나의 죽음이 죽음인가?

나의 사랑을 너 느끼는가, 나의 고통을

단 한 숨길만이라도, 단 한 번의 메아리라도?"

유유히 쳐다보며 바다는 침묵한다
그리고 미소 지으며, 아니요.
아무데서도 인사도 대답도 오지 않는다.

9월의 엘레지

Elegie im September

장대비가 장려하게 노래를 연주한다,
우중충한 수림 속에서,
숲 덮인 산맥 너머엔 어느새 솨솨 거리는
누런 빛깔이 나부낀다.
벗들이여, 가을이 가까이 왔다,
가을은 이미 숲가에 잠복하여 엿보고 있다,
새들만 찾아오는 들판도 텅 빈 채 미동도 않는다.
그러나 남향 비탈엔 포도나무 줄기에 달린
포도송이가 파랗게* 익어간다.
그 축복의 품안엔 열정과 비밀의 위안을 숨겨둔 채.
오늘 여전히 수액樹液과 솨솨 몸속을 흐르며
녹색으로 서있는 모든 것들이
이내 새하얗게 오들오들 떨며 스러져가리라,
안개와 눈 속에서 죽어 가리라.
오직 따스하게 데워주는 포도주와

좌판 곁에서 웃고 있는 사과만이

여름과 햇볕 짙은 청명한 며칠간의 열기 덕분에

아직도 찬란히 빛난다.

그처럼 우리의 감성 또한 나이 들어간다,

머뭇대는 겨울의 맛을 본다.

뜨거워져가는 열기와,

포도주의 추억을 고마워 하며

요란스레 활기찬 축제들과

유쾌하게 보낸 며칠 덕분에

침묵의 춤사위 속에 복에 겨운 그림자들이

심장을 관류하며 유령처럼 헤맨다.

---

*녹색의 포도로 주로 백포도주용으로 키운다. 라인강과 그 지류가 유명한 생산지이다.

시인

Der Dichter

정원은 밤이슬 속에 더욱 순결하게 숨을 쉬고,
도회의 수런대는 소음은 한결 숨을 죽이고 골짜기에서 피어오른ㄷ
꽃들은 어둠속에서 꿈속인 양
유령처럼 창백하게 어른어른 일렁인다.

나만이 홀로, 태양빛에 녹초가 되어
저녁이 되어도 타는 듯한 이마를 서늘히 식히지 못한다,
온 감각은 여전히
낮보다 오히려 더 갈증이 난다.

열정은 진정시킬 수 없이 나를 갉아먹는데
낮 동안엔 그리도 잘 교묘한 잔꾀로 기만하였지.
아아, 이제 그건 절망한 채
잠시 짤막한 마비에서 일어선다.

나무는 사랑을 호흡하고 달도 사랑을 숨 쉬는데,

꽃들도 검은 이파리 속에서 사랑을 꿈꾸는데,

오직 외로운 자 나만이 갈증에 목이 탄다,

웃고 있는 세상에서 사랑받지 못하면서.

아가씨들은 남아있고 총각들은 홀린 채 머물러서 있는데

덤불숲 사이로 내 고독한 류트가 소리를 내면

내 심장은 그 노래 속에서

포옹은커녕 출혈을 한다.

유년

Die Kindheit

너, 먼 먼 골짜기여,
마법에 걸려 침몰해 버렸느냐.
종종 궁핍과 고뇌에 찬 나에게
너의 그늘진 고장에서 솟구쳐 손짓을 하며
옛이야기 속 눈동자를 떠주곤 하였지,
하면 나 황홀하여 찰나의 몽상 속에서
너에게로 되돌아가 나를 몽땅 잃어버렸다.

오 어두운 대문이여,
오 어두운 죽음의 시간이여,
이리로 오라, 멀쩡한 몸으로
이 삶의 공허 밖으로 나와
집으로 나의 꿈들에로 돌아가도록.

나비

Der Schmetterling

슬픈 일이었다,
들판을 거닐다
나비 한 마리 보았다,
새하얀 나비가 짙은 빨강 무늬를 하고
파란 바람에 나풀나풀 불려가는 것을.

오 나비여! 어린 시절
세상이 새벽처럼 맑았고
하늘은 사뭇 가까이 다가와 있던 그때,
그때 마지막으로
너 고운 날개를 펴는 걸 보았다.

너 영롱한 부드러운 나부낌이여,
낙원에서 내게로 왔느냐,
얼마나 낯설게 수치심에 가득 차

너의 깊은 신성한 반짝임 앞에
당황한 눈길로 서있었어야 했던가!

들판 쪽으로 내몰린
하얗고 빨간 나비여,
꿈꾸듯 내쳐 걸어가고 있노라니
낙원에서 내게로 날아와
고요한 광휘가 머물러 있는 듯하였다.

밤의 산책

Nachtgang

오리나무 덤불 속엔 새 한 마리 여전히 깨어있는데,
다른 건 달빛 비치는 녹색의 계곡과 숲속에서 침묵을 한다.
젊은 날의 그림자가 나를 향해 밀려오며
꿈의 노래들을 다채롭게 불러준다.
헌데 어이 나는 삶의 폭풍과 불길 밖으로 나와
이곳 세상의 피안, 녹색 골짜기로 왔을까,
온갖 꿈들의 무리는 평화롭게 안식을 취하는데
내 마음은 그러나 수백 가닥 실오라기가 짓누르고 있는 곳으로?

마법에 걸려 사랑하는 수많은 이름들을 불러본다,
언젠가 알고 있던 이들은 실종되어 버렸다,
하여 하릴없이 목표도 없이
습기 찬 추억의 고장을 지나 계속 걷고 있다.
문득 황혼 속에서 너의 이름이 반짝인다,
너 단 하나 유일한 사람아, 홀연 나 깨어난다,

온갖 고통들이 다시 새롭게 싱싱하게 살아나

불타오르며 너의 자취를 찾아 따라간다.

맨 처음으로 핀 꽃

Die ersten Blume

개천 가
붉은 버드나무 가까이
요 며칠 새
숱한 노랑 꽃이
황금빛 눈을 떴다.
오래전 순결함에서 타락한
나의 밑바닥에선 삶의 황금빛 아침시절에 대한
추억이 꿈틀댄다,
난 꽃을 꺾으러 가고 싶었다,
이제 그 모든 꽃들을 그대로 놔둔다
그리고 집으로 간다, 이 늙은 사람은.

소멸消滅

Absterben

아이들이 노는 것을 보고도
그들의 놀이를 이해할 수 없게 되면
그들의 웃음소리가 낯설고 어리석게 울리면,
아아 영원히 먼 것으로만 여겼던
사악한 적으로부터의
더는 잦아들지 않을 하나의 경고이리라.

사랑하는 이들을 보고도
낙원에 대한 아무런 그리움 없이
흡족하여 계속 간다면
아아 그건 조용히 포기하는 것이리라,
심장에서 우러나온 가장 깊숙한 시작詩作의 의욕을,
젊음에다 구원을 약속했던 그것을.

고약한 말을 듣게 되면

그러고도 더 이상 뜨겁게 분노가 치밀지 않는다면

아무것도 못들은 양 침착하게 행동한다면,

오 그땐 내 심장이 발작을 일으키리라,

조용히 아무런 통증도 없이,

그러곤 거룩한 빛이 꺼지리라.

안식이란 없네

Keine Rast

영혼이여, 너 초조한 새여
너 분명 묻고 또 물어 보겠지,
이리도 오랜 사나운 나날이 지난 뒤엔
언제 평온이 오나요, 안식이?

오 나 알고 있지, 우리가 이 아래
대지에서 고요한 나날을 누리게 되자마자,
어느새 새로운 그리움 때문에 너의
사랑스런 일상은 고문이 되리라는 걸

평온을 찾자마자 너는
새로운 고통을 향해 안절부절
그 장소를 기어이 찾으려 애쓰리라는 걸
샛별이 비추자마자.

어스름 황혼녘 백장미

Weisse Rose in der Dämmerung

슬프게 네 얼굴을 이파리위에 비스듬히 기댄 채
몸을 죽음에다 내맡기고선,
유령 같은 빛을 호흡한다,
창백한 꿈들이 일렁이게 한다.

그러나 마음속으론 노래처럼
마지막 은밀한 아른대는 미광微光 속에
여전히 저녁 내내
네 사랑의 향기를 온 방안 가득 풍겨준다.

너의 조그만 영혼은 불안하게 구애한다
이름 없는 것에다,
영혼은 미소를 짓는다, 그러곤 죽어간다
나의 가슴 속에서, 누이여 장미여.

어머님에 대한 기억

Gedächtnis der Mutter

먼지 덮인 낮 세상의 길들을
전 오랫동안 가고 있었습니다,
당신의 모습에서 철저히 버림받고
오로지 저 자신에만 의지하여.

이제, 제 목적지를 기만했으니
낯선 고장에서 휴식을 취하고 있지요,
추억의 향기에 실려
옛 시절에서 나그네 되어.

세상이 저를 철저히 배반했으니,
몹시 우울한 시간엔,
당신이 계셔 제게 소식을 전해주시지요,
잃어버린 낙원의 소식을.

저 이제 신일랑 아랑곳도 않는데,

당신께서는 진작 저를 용서해 주셨지요,

이제 암흑의 계곡에서 나와

마침내 고향으로 당신께로 돌아가고 있습니다.

저녁 산책

Gang am Abend

느지감치 나 먼지 덮인 길을 가고 있다,
담벼락의 그늘은 비스듬히 깔리고
담쟁이 넝쿨 사이론
달빛이 개울물과 길 위로 비치는 게 보인다.

예전에 불렀던 노래들을
나지막이 다시 부르기 시작한다,
헤아릴 수 없이 많은 방랑길의
그림자가 가는 궤도를 가로질러 간다.

바람과 눈과 뜨거웠던 햇볕이
오랫동안 나를 향해 불어온다,
여름밤과 시퍼런 번갯불 빛이,
폭풍우와 여행길의 불편함이.

풍성한 이 세상에

누렇게 그을리고 흠뻑 젖어,

계속 내몰림을 느낀다,

나의 오솔길이 어둠 속으로 떨어질 때까지.

꽃들도 역시

Auch die Blumen

꽃들도 역시 죽음의 고통을 맞는다,
아무런 죄 저지른 적 없건만,
그렇게 우리의 본성 또한 순결하나
스스로 무슨 영문인지 모르는 채
고통만을 느낀다.
우리가 죄라고 일컬었던 건,
태양이 빨아 마셨기에,
결국은 꽃의 순결한 대궁 밖으로 나온다,
우리를 향해 향기 되어 감격스런 어린아이의 눈길 되어.

이제 꽃들이 죽어가듯
우리 또한 죽어간다
오롯이 구원의 죽음만을,
오롯이 부활의 죽음만을.

외로운 저녁

Einsamer Abend

빈 병과 유리잔 속에
촛불의 희미한 불꽃이 떨고 있다,
방은 냉기 가득한데,
바깥엔 비가 부드럽게 잔디위로 내린다.

너 잠시 휴식을 위해
몸이 시린 채 서글프게 다시 몸을 누인다,
아침이 오고 저녁도 다시 오겠지,
끊임없이 돌아오겠지,
그러나 너는 그럴 리 없으리라.

잃어버린 음향

Verlöner Klang

언젠가 어린 시절
초원을 따라 걷고 있었다,
마침 노래 한곡이 아침바람에 실려
조용히 왔다,
푸른 대기 속 하나의 음향이었던가,
아니면 하나의 향기, 어느 꽃향기였던가,
향기는 감미로워,
영원을 따라 내내 울리는 듯,
내 온 어린 시절 내내 울리는 듯.

그 노래를 잊고 있었다 —
이제 요 며칠 사이 비로소
내 가슴속에서 깊이 든다,
다시 은밀히 울리는 걸 든다.
이제 온 세상은 나에게 아무래도 상관이 없어,

행운과 그걸 바꿀 생각은 아예 없다
오직 귀 모아 듣고만 싶다,
귀 모아 들으며 가만히 서있고 싶다,
그 향내 나는 음향이 사라지는 양을,
혹 그 소리 여전히 옛 그 시절의 음향은 아니었는지를.

저녁이면

Abends

저녁이면 연인들은
느릿느릿 들판을 거닐고,
여인네들은 머리다발을 풀어헤친다,
소매상들은 그날의 셈을 하고 있고
중산층시민들은 석간신문에서
불안하게 최근의 뉴스를 읽는다,
아기들은 조그만 주먹을 움켜쥐고
깊은 잠을 곤히 잔다.
제각각 유일하게 진실 된 것을 행하며,
고귀한 의무를 다 한다,
젖먹이, 중산층시민들, 연인들은 ─
헌데 나 자신은 아닐까?

그럼에도! 나 그 노예인,
나의 저녁활동에도 또한

세계정신이 비켜가지는 못 하리라,
그일 또한 의미를 지니고 있으므로.
하여 오르락내리락 거닐며,
내면으론 춤을 춘다,
흥얼흥얼 어리석은 골목길의 노래를 부른다,
신을, 나를 찬양한다,
포도주를 마시고 환상 속에 빠져본다,
내가 파스카 총독이라도 되는 양,
신경통에 대한 근심을 느끼고,
미소를 머금는다, 포도주를 더 마신다,
내 심장에다 '그래*'라고 말해준다,
(아침에는 그게 안 되니),
지나간 통증들에서
놀이하듯 시 한 편을 짓는다.

---

* 인용부호는 역자가 붙인 것임.

고독으로의 길

Weg in die Einsamkeit

세상이 네게서 떨어져 나간다,
너 한때 사랑했던
온갖 기쁨은 불타버리고
그 재에선 암흑이 위협하며 나온다.

내면으로 너
가라앉는다, 내키지 않지만
보다 강력한 손에 떠밀려,
냉기에 떨며 죽은 세상에 서있다.
네 뒤로는 흐느끼며 불어온다,
잃어버린 고향의 잔향殘響이,
아이들의 목소리가 어린 사랑의 노래가.

고독으로의 길은 참으로 어려워,

네가 알던 것보다 더 어려워,

꿈의 샘물 또한 고갈되어버렸다,

그러나 확신하라! 너 가는 길

끝자락에는 고향이 있다,

죽음과 부활이,

무덤과 영원한 어머니가.

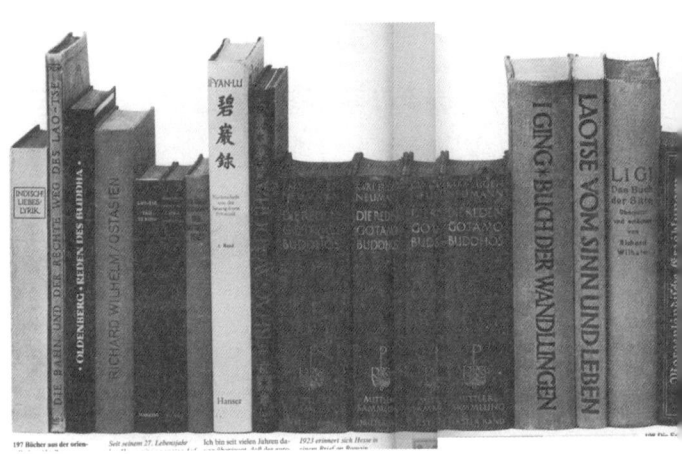

197 Bücher aus der seien-

Seit seinem 27. Lebensjahr

Ich bin seit vielen Jahren da-

1923 erinnert sich Hesse in einem Brief an Romain

책

Bücher

이 세상 온갖, 별의별 책이라도
너에게 아무런 행복도 주지 못한다,
그러나 자신의 내면으로
되돌아가는 건 은밀히 가르쳐준다.

네가 필요한 모든 게 거기에 존재한다,
태양과 별과 달이,
찾던 빛이
네 자신 안에 살고 있으니.

오래 추구해왔던 지혜는
책안에 있어,
이제 책장 하나하나에서 빛을 밝혀준다 —
이제 그 지혜는 너의 것이다.

여름 밤

Sommernacht

쏟아지는 소나기에 나무들은 물방울 우두둑 떨어뜨리고,
물에 젖은 이파리에선 달빛 서늘히 반짝인다,
보이지 않는 물줄기가 계곡 위로
안식 없는 소리를 어둡게 밀어 올린다.

이제 농가에선 개들이 짖어 대는데 ―
오 여름밤이여, 반쯤 매달린 별들이여,
너희의 빛바랜 궤도 위에서 방랑벽放浪癖에 취해
내 마음 얼마나 낚아채어 가는가, 멀리 멀리에로!

죽음이라는 형제

Bruder Tod

나에게도 또한 너 언젠가 오겠지,
나를 잊을 리 없으니,
종말엔 고통이겠지
사슬은 끊어지겠지.

너 아직 낯설고 멀어 보여도,
사랑하는 형제 죽음이여,
서늘한 별이 되어
나의 고통 위에 떠있다.

그러나 너 언젠가 가까이 오리라
불꽃 되어 활활 타오르리라 —
오라, 사랑이여, 나 여기에 있다,
나를 받아주오, 나 너의 것이니.

고백

Bekenntnis

눈부신 광채여, 그대의 유희에
내 기꺼이 몰입해 들어감을 보라,
다른 이들은 목표와, 목적을 지니고 있으나,
사는 것만으로 이미 충분하다.

언제라도 내 감성에 와 닿았던 것이라면,
언제나 살아있는 것으로 느꼈던 것이라면,
무한대에 대한 그리고 하나에 대한
비유가 모든 것으로 여겨지겠지.

그러한 형상화된 글을 읽는 일은,
언제나 삶의 보람이겠지,
구원한 것, 본성적인 것이
내안에 스스로 살고 있음을 알기에.

내면으로의 길

Weg nach Innen

내면으로의 길을 찾아낸 이라면,
불타오르는 내면으로의 자기침잠 속에서
혹 지혜의 핵심을 예감했다면,
자신의 감성이 신과 세상을 다만
형상과 비유로서 선택한다는 걸 예감했다면
그렇다면 그에겐 모든 행위와 사유가
세상과 신을 함께 지니는
자신의 영혼과의 대화가 되리라.

잘려나간 떡갈나무

Gestuzte Eiche

저들은 너를, 나무여, 어이 이리 잘라놓았단 말이냐,
너 얼마나 낯설고 기이하게 서있는가!
저항과 의욕 이외엔 아무 남은 게 없을 때까지 어찌
수백 번이나 앓아냈느냐!
내 몰골 영락없이 너를 닮아, 토막난
고통에 찬 삶으로 으스러지는 게 아니었다. 그러기는커녕
날마다 철저히 앓아낸 거칠은 맨몸 밖으로
새로이 이마를 빛 속으로 잠근다.
내 안에 보드랍고 여리던 것은
나에게 세상을 죽도록 조롱하였다,
그러나 파괴할 수 있는 게 아니지 나의 본성은,
나는 만족한다, 용서하였다,
참을성 있게 새순들을
수백 번이나 쪼개진 가지 틈새를 비집고 밖으로 밀어낸다,
그러곤 갖은 슬픔에 저항하며 나 머물고 있다
이 미친 세상에 짝사랑에 빠져.

Aus den Jahren

1919 ~ 1928

무상

Vergänglichkeit

생명의 나무에서
한잎 두잎 내게로 떨어져 내린다,
오 아롱대는 영롱한 세계여
너 어찌 이리 포만감을 주는가,
이런 포만감과 피로감을 주는가,
이런 도취감을 주는가!
오늘 아직 불타고 있는 것이라도
머잖아 가라앉으리라.
이내 바람이 휘이익 몰아치리라
나의 싯누런 무덤 위로,
그 작은 아이 위로
어머님께서 굽어 내려 보시리라.
어머님의 눈매를 나 다시 뵈옵게 되리라
그분의 눈길은 나의 별,
다른 모든 건 갈 테면 가라, 사라질 테면 사라져라,

모든 건 죽어간다, 기꺼이 죽어간다.
오직 영원한 어머님만이 남아 머무르신다,
우리는 그분에게서 왔으니,
그분의 장난기 어린 손가락이 쓰고 있다
잠시 스치는 대기에다 우리의 이름들을.

포도주 속의 나비

Falter im Wein

내 포도주 잔속으로 나비 한 마리 날아들었다,
포도주에 취해 나비는 감미로운 파멸에다 저를 내맡기곤
흠뻑 젖어 마비되어 파득거리며 기꺼이 죽으려 한다,
이윽고 나는 나비를 손가락으로 끄집어 올린다.

내 심장 너의 눈길에 눈이 부서,
황홀하게 그 향긋한 사랑의 잔속에 가라앉는다,
너의 한번 손짓이 내 운명을 충족시키지 못할 거라면,
너의 마법의 포도주에 침몰하여 기꺼이 죽어가기 위해.

늦가을 산책길에

Gang im spät Herbst

가을비 잿빛 숲속에서 요란스런 소용돌이로 퍼붓더니
아침 바람에 온 골짜기를 찬비로 싸늘하게 씻겨냈구나
밤나무에선 밤송이들이 툭툭 실팍하게 떨어져
뻐개져 벌어진 채 누렇게 물에 젖어 웃고 있다.

내 평생 가을이란 소용돌이치는 것이었지,
바람은 온 주위로 흩어져 쫓기는 가랑잎들을 갉아먹고
가지가지마다 흔들어댄다 — 열매는 어디에 있나?

나는 사랑을 꽃피웠다, 그러나 그 열매란 고통이었지.
나는 신앙을 꽃피웠다, 그러나 그 열매는 증오였지,
내 앙상한 가지엔 바람이 휘몰아쳤다
나는 그걸 웃어넘겼지만 폭풍우엔 여전히 저항하고 있다.

나에게 열매란 무엇인가? 나의 목표란 무엇이란 말인가!
나는 꽃피어났다,
그리고 만발하는 게 나의 목표였다. 이제 난 시들어간다,
헌데 시들음이 나의 목표이다, 다른 어느 것도 아닌,
목표란 짧은 것, 심장 속에 감추고 있지.

내 안엔 신神이 살고 있다, 신은 내 안에서 죽어간다, 신은
내 가슴속에서 앓고 있으니, 그것으로 내 목표로선 충분하다.
제 길이 되었건 길을 잃었건, 꽃이건 열매건
모두 매한가지, 모든 건 다만 이름뿐인 것을.

아침 바람에 펑야는 싸늘히 몸을 씻고,
밤나무에선 밤송이들이 툭툭 실팍하게 떨어진다.
그리고 힘차게 환하게 웃는다. 나도 함께 웃는다.

온갖 죽음

Alle Tode

온갖 죽음을 난 이미 죽어보았다,

온갖 죽음을 다시 죽으리라,

목재의 죽음을 나무속에서 죽고,

산속에선 돌멩이의 죽음을,

흙의 죽음은 모래 속에서,

팔랑이는 풀잎의 죽음은 소곤대는 여름날의 잔디밭에서,

그리고 가련한, 피 흘리는 인간의 죽음을 죽으리라.

꽃으로 다시 태어나리라,

나무와 잔디로 다시

물고기로 사슴으로, 새와 나비로.

그 모든 형상 밖으로

그리움이 사무치게 뻗어나겠지

최후의 단계를 향해,

인간의 고통에로 바짝 다가가는 그리움이.

오 오 아른아른 경련하며 펼쳐진 무지개여,

그리움에 광란하는 주먹이

인생의 양극을

서로 마주 보게 휘어놓기를 갈망할 때!

아직도 빈번히 여전히 불쑥불쑥 되풀이하여

너는 죽음에서 탄생에로 나를 몰아대겠지,

형상을 이루는 고통으로 가득한 궤도에로,

형상을 이루는 눈부신, 눈부신 궤도에로.

첫눈

Erster Schnee

늙어버렸구나 너, 푸르렀던 한해여
이미 시들어 머리칼은 벌써 눈을 이고서,
어느새 지쳐 발걸음엔 죽음을 지니고 —
나 너와 동행 하리, 같이 죽으리,

머뭇머뭇 심장은 불안한 오솔길을 가고 있다,
겨울 씨앗*은 안절부절 눈 속에서 불안한 잠을 잔다.
바람은 이미 얼마나 많은 나의 가지들을 부러뜨렸던가.
그 옹이들은 이제 나의 갑옷이다!
얼마나 많은 쓰디 쓴 죽음을 이미 나는 죽었던가!
새로운 탄생이 매번 죽음의 대가였다.

어서 오라, 죽음이여, 너 어두운 대문大門이여!
피안彼岸에선 삶의 합창이 밝게 울리고 있다.

---

*밀, 보리가 주식인 서거에서는 가을에 파종하여 겨울을 나고 이듬해 여름에 소화한다.

화가의 시

Gedichte des Malers

화가의 즐거움

Malerfreude

전답田畓은 곡식을 기르지만 자본이 필요하다,

초원은 가시철망이 잠복하여 감시를 한다,

필수와 탐욕이 횡행한다.

모든 게 부패하고 벽에 갇힌 듯하다.

그러나 여기 내 눈 속에는 모든 것과는

다른 질서가 살고 있다,

바이올렛 색이 녹아 사라지고 자주색이 권좌에 앉는다,

나는 그 색조들의 순진한 노래를 부른다.

노랑에다 노랑을, 노랑을 빨강에다 어울려주니

서늘한 파랑은 분홍의 색조를 띠지 않느냐!

빛과 색채가 이 세상에서 저 세상으로 둥실둥실 떠가고,

사랑의 무지개 속에서 둥그렇게 휘었다간 음향이 되어 나온다.

병든 모든 이를 치유하는 영靈이 지배하니,
새로 태어난 샘물에선 녹색이 울려 퍼진다.
새롭게 뜻 깊이 세상은 골고루 나위어지고,
마음속은 즐겁고 밝아 눈이 부시다.

마법의 색깔들

Magie der Farben

신의 숨결 들이쉬며 내쉬며
위엔 하늘 아래도 하늘,
빛은 수천수만 겹의 노래를 부른다,
신은 오색영롱한 세상이 되었다.

순백에서 칠흑까지 따스함에서 서늘함으로
끊임없이 새로 당겨짐을 느끼며,
혼돈의 소용돌이 속에서 영원히
무지개가 새로이 영롱하게 솟아오른다.

그렇게 우리의 영혼 속을 가로지르며
고통과 황홀감 속에서 수천수만 가지로 다채롭게
신의 빛이 창조하며, 작용한다,
그리고 우리는 그 빛을 태양으로서 찬미한다.

눈

Schnee

숲에 정원에 눈 내리면,
그건 다만 가벼운 안식의 지붕일 뿐,
그 아래 이 세상은 기진하여
한 동안 잠을 잔다. 그러다 이내 깨어난다.

죽음이 내 피와 몸뚱이를 묵묵히 멈추게 하면,
너희의 조사弔辭를 미소와 함께 읊어다오!
고요히 부스러진 잔해殘骸로 덧없는 형상 가라앉을 터이니
내 현재와 과거는 내쳐, 내쳐 살아가리라.

텃밭을 그리다

Der Maler malt eine Gaertnerei

텃밭 일구는 게 나와 무슨 상관이냐고?

일꾼은 낯선 자이고 어쩌면 심술궂은 사내인가 보다,

난 잘 모르겠고 그자를 보고 싶지도 않다,

우린 서로 이해를 못할 거니까.

우리는 인간답게 형제처럼 지낼 수도 있었으리라,

헌데 우린 혼자서 있곤 한다,

한 사람이 다른 사람에게서 멀리 떨어진 채 헤맨다,

각자가 서글프다,

왜냐하면 저마다 제가 더 나이가 많고 더 고독하기 때문에.

도마도와 야채들도 난 상관이 없다,

오직 그걸 지불할 수 있는 벼락부자만 관심이 있을 뿐,

그럼에도 텃밭 가꾸는 일이 나를 붙잡고 있다,

어린아이 같은 소망에 가득 차

그 혼란스러운 일을 내려다본다. 가옥이 하나

녹색 한 복판에서 빨간 장미 빛으로 솟아오른다,

라일락이 연한 색조로 노래한다,

파란 색이 잃어버린 탕아湯兒 쪽으로 건네다 본다.

나는 앉아서 그 모든 걸 그려야 한다,

그 색깔들 얼마나 화사하게 빛을 뿜는가,

나무는 얼마나 조용히 제 어린아이 같은 얼굴을

아래로 숙이고 혼자 중얼거리는가.

너희 모두에게 이 모든 것들은 웃음거리이겠지,

이 모든 것들,

내가 보고 그리고 시로 지어야 하는 것들이,

너희에게 그건 하나의 텃밭 가꾸는 일이겠지,

나에겐 그러나 그건 성령聖靈의 인사다,

저 낙원으로부터 오는,

너희들처럼 나 또한 떠났던 곳,

그러나 자꾸만 자꾸만 나를 향해 부르는 곳

그 마법에 걸린 텃밭의 향기는

나에겐 더 귀중하다, 어느 일꾼보다, 도마도보다 돈보다

이 세상 모든 것보다.

골짜기 속 공장을 그리다

Der Maler malt eine Fabrik im Tal

너 또한 아름답구나, 푸르른 골짜기 속 공장이여,

비록 혐오 받는 것들의 상징이고 고향일지라도,

재물을 향한 추구, 노예제도, 우중충한 감옥의 상징이지만.

너 또한 아름답구나! 종종 너의 지붕들의

섬세한 빨간색조가 나의 눈을 즐겁게 해준다.

너의 깃대가, 깃발이, 저 당당한 굴뚝이!

너 또한 나의 친애하올 인사를 받으라,

초라한 가옥들 곁에 비밀스런 화사한 파란색이여,

비누냄새, 맥주냄새 어린아이 냄새를 뿜어내는구나!

녹색의 초원과 들판의 바이올렛 색 전답 속으로

가옥모양의 장기 말과 빨간색 지붕들이 장기놀이를 한다,

유쾌하게 들어와, 유쾌하지만 부드럽게,

취주악吹奏樂이, 오보에와 피리와 닮은,

웃으며 나 라커와 수은에다 핀젤을 담근다,

뿌연 녹색으로 전답위에다 쓱쓱 칠한다,

그러나 그 모든 것보다 멋지고 찬란히 빛나는 건 빨간 굴뚝이다
이 어리석은 세상에 수직으로 세워진
엄청나게 거들먹거리는, 멋들어지고 우스꽝스러운,
애들 해시계의 거대한 시침 같은.

어떤 이별

Bei einem Abschied

실패와 고통으로 가득할 운명에 대한 예감으로 충만한
오 기약 없는 이별이여!
손안에선 다시는 가져오지 못할 장미가 향기를 품은 채 시들어가고,
초조한 심장은 졸음을 찾아 어두움을 찾는다.
그러나 저위 하늘엔 변함없이 별들 총총하고
그 별들 우리는 늘상 따라간다, 의도한 적 없건만,
그에 대항해 빛을 지나 어두움을 지나
우리의 운명은 굴러간다, 그리고 우리는 그에 기꺼이 순종한다.

삼월

März

파릇한 언덕위엔
어느새 바이올렛 꽃파랑이 울렸다,
다만 어두컴컴한 숲 기슭 따라
뾰족한 우듬지 속에 눈이 아직 남았을 뿐.
방울 방울져 녹아내리면
목마른 대지는 빨아 마신다,
하얀 하늘 위엔 양떼구름
햇빛 받아 반짝이며 무리무리 지어 흘러간다.
방울새소리 사랑에 홀려 관목 속에서 사랑을 나눈다,
인간들이여, 그대들도 노래 부르며 서로 사랑들을 하시게나!

기도

Gebet

저 자신에, 신이시여, 절망케 하소서
그러나 당신께는 절망하지 않게 하소서!
제 과오의 온 슬픔을 맛보게 하소서
온갖 고통의 불꽃을 핥게 하소서
별의별 치욕을 견뎌내게 하시고
제 자신을 지탱해 나가는 데 도우지 마소서
자신을 펼쳐나가는 데 도우지 마소서!
그러나 저의 자아自我가 몽땅 파괴되면
그땐 보여 주소서,
그건 바로 당신이셨다는 것을,
당신이 불꽃을, 고통을 낳으셨다는 것을,
왜냐하면 저야 기꺼이 멸망하고
기꺼이 죽어가렵니다 만
오직 당신 안에서만 죽을 수 있기 때문입니다.

앓는 이

Der Kranke

삶은 바람처럼 흘러가 버렸다,
혼자 누워 눈을 뜨고 있다,
창문엔 상현달이 걸려
내가 하는 걸 바라본다.
방안에 죽음을 느낀다 —
심장이여 어이 그리 불안하게 고동치느냐,
아직도 여전히 불타고 있느냐?
나직이 나 노래를 부르기 시작한다,
나직이 달과 바람의 노래를 부른다,
사슴과 백조의,
성모 마리아와 그 아기의 노래를
부를 수 있는 노래라면,
별의 별 노래들이 다 생각난다,
별과 달이 들어오고
숲과 노루가 내 안에 있다.

온갖 통증과 기쁨이

감은 눈 뒤로 흘러가버리니

뭐가 뭔지 분간할 수가 없어,

모든 게 감미롭고 타는 듯하다,

내가 어디에 있는지 알 수 없구나,

여인네들이 빨간,

혹은 핏기 가신 입술을 하고 다가와선

사랑에 목말라 불안한 촛불마냥 할딱거린다,

그 중 하나는 죽음이라 불린다.

오 너희의 불타는 눈길이 어이 이리

나의 심장에 흡착吸着하는가!

제신諸神들은 노쇠한 두 눈을 부릅뜨고

숨겨 놓은 웃음과 통곡의

천국을 열어준다,

저들의 별들을 미친 듯 빠르게 회전시켜,

모든 달과 모든 태양이 빛을 뿜게 한다.
내 노래는 한결 낮아지다 침묵을 한다,
천국의 한복판에서 졸음이 찾아와
제신들의 세계를 따라
별들의 행로를 걸어갔다.
그 걸음걸이 마치 눈 위를 걷는 듯 ...
헌데 내가 무엇 때문에 졸음에게 간청해야 하나 ... ?
나 앓던 모든 건 지나가 버렸다,
아무런 유감도 없다.

사랑의 노래

Liebeslied

난 한 송이 꽃이면 했었죠,
당신은 가만히 지나셨겠죠,
나를 꺾어 소유물로
손에 드셨겠죠,

또한 적포도주가 난 되고 싶었어요,
달콤하게 당신의 입으로 흘러들고 싶었어요,
그러곤 당신 안으로 고스란히 들어가
당신과 나를 건강하게 해주고 싶었어요.

귀향歸鄉

Heimkehr

긴 여행길에서 돌아와
냉기 찬 방에서 기다리는 우편물들을 본다,
자리에 앉아 불안하게 편지들을 열어본다,
가쁜 숨을 내쉬니 입김은 냉기 속으로 허옇게 퍼진다.

아아, 당신네들 무엇 때문에 이 모든 편지를 쓴단 말인가,
나처럼 순례자이며 탐구자인 자, 이 낯선 사람에게?
— 모든 것 뒤 안에서 밤이, 비밀이 잠을 자지 않는다면,
삶은 얼마나 황폐하고 황량할 것인가!

당신네 편지들을 시커먼 벽난로 속에다 차곡차곡 쌓아놓는다,
당신들이 묻는 것에 아무런 답도 할 줄 모르겠으므로 —
활활 타오르는 불꽃에다 나와 함께 몸이나 녹이세나,
내일아침 하루가 다시 시작되리라는 걸 나와 함께 기뻐 하세나.

세상은 냉기와 적의에 차 우리 주위를 둘러싸고 있다,

우리의 마음만이 햇빛과 기쁨이 가능할 뿐 —

오 우리 가슴 속 초조한 불꽃이 얼마나 떨고 있는가,

그 불꽃 그러나 단 혼자라도

세상의 유령들보다 더 오래 지속되리라!

사랑

Der Liebende

이제 당신의 벗은 온화한 밤에 깨어 누워 있다오,

당신의 온기로 여전히 뜨거운 몸으로,

당신의 향기로 충만하여,

당신의 눈길 머리칼 그리고 입맞춤으로 충만하여—

오 한밤중이여,

오 달이여 별이여 파르스름한 안개 낀 대기여!

당신 안으로, 연인이여, 나의 꿈이 내려간다오,

바다 속처럼 깊숙이, 산맥으로 골짜기 속으로,

파도 물에 흩뿌려져 포말로 흩어진다오,

오직 태양만이, 뿌리만이, 짐승만이,

당신 곁에 있을 뿐

당신 곁 가까이에 있기 위해.

토성과 달님이 멀리 멀리에서 돌고 있지만,

나는 볼 수 없다오,

오직 꽃처럼 창백한 당신의 얼굴만 볼 뿐이라오,

그러곤 말없이 웃으며 도취되어 눈물짓는다오,

행복도 고통도 더는 아니라오,

오직 당신 뿐, 오직 나와 당신 뿐, 깊은 우주 속에

깊은 바다 속에 가라앉아

그 속에서 우린 길을 잃고,

죽어서 다시 태어날 거라오.

눈 속의 나그네

Wanderer im Schnee

골짜기에서 시계 하나 자정을 울린다,
하늘엔 달이 헐벗어 추위에 떨며 헤매고 있다.

눈 속에 달빛 처연한데
내 그림자와 벗 삼아 나 홀로 걸어간다.

얼마나 많은 길들을 파릇한 봄날에 걸었던가,
여름날 태양이 이글거리는 걸 보았던가!

내 걸음은 지쳐버렸고 머리칼은 반백이 되었다,
아무도 이전의 나를 더는 알아보지 못한다.

지친 나의 앙상한 그림자가 멎어선다 −
언젠가 여로는 분명 끝이 나겠지.

다채로운 세상 곳곳으로 나를 끌어냈던 꿈은
내게서 물러간다. 이제야 알아챘다, 꿈이 나를 기만한 것을.

시계 하나 골짜기에서 자정을 울린다,
저위 저 달은 얼마나 차갑게 웃는가!

눈이여, 너 어이 이마와 가슴을 이리도 서늘히 보듬어주는가!
죽음이란 알던 것보다 한결 더 곱구나.

사랑의 노래

Liebeslied

내 고향은 어디일까?
내 고향은 자그마하지,
이곳저곳으로 옮겨 다니지,
내 마음 함께 지니고 떠나,
나에게 슬픔을, 안식을 준다,
네가 내 고향이므로.

누님께

An meine Schwester

심한 와병 중에

나 어이 이리 미혹에 빠져 하릴없이 있는가,
어딜 가나 낯선 객으로
고향을 떠나
멀리도 헤매어왔다.

내 알던 꽃들이여
푸른 육중한 산맥이여,
너희 인간이여, 산천이여
이제 너희를 더는 아지 못한다.

오직 당신의 입에서만
옛 소리를 듣고,
옛 소식을 전해 들어요,
옛이야기처럼 친숙한 이야기들이죠.

머잖아 선한 원정園丁 죽음이,

저네 정원으로 저를

집으로 저녁노을 속으로 데려갈 거예요,

아버님 어머님 날 기다리는 곳으로.

어디엔가

Irgendwo

삶의 광야를 이글거리며 헤맨다,
무거운 짐 아래서 신음을 한다,
그러나 어디엔가, 거의 잊었지만,
서늘하고 꽃들 만발한 그늘진 정원을 알고 있다.

어디엔가 아스라이 머나먼 꿈속에서
안식처 한 곳이 기다리고 있는 걸 알고 있다,
거기에선 영혼이 다시금 고향을 찾는다,
졸음이, 밤과 별이 기다리고 있는 걸 나 알고 있다.

토요일저녁의 향연

Fest am Samstagabend

오늘 저녁엔 그 밀라노 출신의 아리따운 여인이 와있었다,

우린 춤은 별로 추지 않았지만, 장시간 앉아 대화를 나누었다,

새벽 5시에 집으로 돌아왔다,

하늘을 처다보니, 이미 날이 새고 있었다,

사랑하는 사람아, 너 비난을 하거니 웃어선 안 되지,

그 밀라노 여인은 참으로 꿈처럼 아름다웠으니,

그녀의 두 눈, 입술은 얼마나 선명하게 윤곽지어져 있던지,

두어 시간 난 그녀에게 사랑에 빠져 있었다,

물론 여자라면 으레 남자에게 스스로 내주는

그 이상으로 구애한 건 아니었다.

이제 그 흥겹던 향연의 밤을 돌아다보니,

그녀는 결국 나에게 뭔가 행복 같은 걸 가져다주기는 하였다,

이제 너의 검은 머리칼의 꿈을 꾼다,

사랑하는 사람아, 너 여기에 있었으면 싶구나!

내 그리움은 너만을 향해 간다,

절대로 밀라노엔 가지 않으리라,

실은 그때 그러겠노라 약속은 했지만.

일요일 아침이 내 방을 들여다본다,

단 일분만 잠을 잔 건데 꿈속에서

너와 그 밀라노 여자가 함께 합쳐지는 걸 보았다,

생명의 나무 아래 계집과 뱀이,

그리고 내가 활활 타오르며 단단히 부둥켜 안고 있는 것을,

마치 어릴 적 꿈속에서 언젠가 느꼈었지만

결코 현실이 깨우쳐주지도 식혀주지도 못하였다.

낙원은 불꽃 속에서 환하게 타고 있고,

너희 둘은 내 가슴을 그처럼 황홀하게

죽을 듯한 사랑으로 짓누르고 있었기에

광란하는 쾌락의 통증 속에서 나 스러져 갔다.

— 그건 어디에로 다시 사라져 갔을까?

잠이 오기를 기다리며, 몇 시간을 누워있다,

기진맥진하여, 그러나 아직 여전히 약간은 즐겁게.

자 이제, 그리 오래 걸리진 않을 터이므로.

황야의 이리

Steppenwolf

황야의 이리 나 달리고 또 달린다,

세상은 눈으로 가득한데,

백양나무에선 까마귀가 날갯짓을 한다,

그러나 토끼는 아무데도 없구나, 노루는!

노루에 난 진정 사랑에 빠졌다,

한 마리만 찾을 수 있었으면!

그놈을 이빨로 물어뜯으리라, 손으로 움켜잡으리라,

그게 존재하는 것 중에 제일 멋진 것이지.

그 미인을 진심으로 좋아하니,

야들야들한 뒷다리를 깊숙이 파고들어 씹어 삼키리라,

그녀의 새빨간 선혈을 잔뜩 마시리라,

그 후 밤새 혼자 짖어 대리라.

토끼 한 마리라도 만족하리라,

그 따뜻한 살코기가 한밤중엔 달콤한 맛을 내니까 -

헌데 모든 게 모든 게 떠났단 말이냐,

사는 걸 약간 더 유쾌하게 해주는 것은?

내 꼬리털엔 벌써 잿빛이 보이는데,

이젠 보는 것도 선명하지 않은데,

여러 해 전에 사랑하는 마누라도 죽어버렸는데.

나 달린다 그리고 노루들의 꿈을 꾼다,

달리며 토끼들의 꿈을 꾼다,

겨울밤 바람 부는 걸 듣는다,

타는 듯 갈증이 나는 목구멍으로 눈을 마신다,

내 가련한 영혼에다 빌어먹을 악마 녀석이나 가져다준다.

시인

Der Dichter

밤이면 종종 잠을 이룰 수 없어
산다는 게 괴롭다,
그러면 나는 어휘들과 놀이를 하며 시를 짓는다.
고약한 어휘들, 성실한 놈들,
뚱뚱한 놈 말라비틀어진 놈들과
헤엄쳐 그들의 잔잔히 비추는 바다 속으로 나아간다.
야자나무 늘어선 먼 섬들이 푸른색으로 몸을 일으킨다,
해변에는 향기 품은 바람이 나부끼고
어린 아이 하나 알록달록한 조가비들을 가지고 놀이를 한다,
눈처럼 새하얀 여인 하나이 녹색 수정 바닷물에 몸을 잠근다.
바다 위에 나부끼는 영롱한 무지개처럼
내 영혼 너머로 꿈의 시운詩韻들이 나부낀다,
욕망이 넘쳐흘러, 죽음의 애도 속에 경직되어,
춤을 춘다, 달린다, 길을 잃고 하릴 없이 서있다,
어휘들로 지은 아무 볼 품 없는 옷을 입고서,

끊임없이 음향을, 형상을 그리고 시각을 바꾸고
바싹 늙어 보이지만 그래도 덧없음으로 가득 차 있다.
대부분은 그것을 이해하지 못하고
그 꿈들을 망상으로, 나를 넋 나간 자로 여겨,
쳐다본다, 사업가들, 교장선생님들 그리고 교수님네들은 ─
다른 이들, 아이들, 많은 여인네들은 그러나
모든 것을 알아채고 나를 사랑해 준다, 내가 그들을 사랑하듯,
왜냐하면 그들도 형상세계의 혼돈을 볼 줄 알고,
그들에게도 이시스여신*女神이 베일을 빌려주었으므로.

---

* 이시스 Isis 고대 이집트 풍요의 여신.

유쾌한 밤

Frohe Nacht

잠들지 못하고 누워있는 밤은 고약하다, 우울한 저녁
모든 날개들이 축 쳐져 바닥에 서글프게 매달려 있을 때,
잠들지 못하고 누워있는 밤은 근사하다, 사랑에 빠져
모든 그리움의 샘물이 위를 향해 솟구칠 때.

늦은 밤 바에 혼자 앉아 실망하여 있노라니 문득 떠나고 싶었다,
위스키 값을 치르고 서글프게 터벅터벅 나오는데
거기 계단 위에 마법에 걸린 듯 멈춰 선다,
이미 밤이 다시 한 번 시작할 태세가 아닌가.

기젤라가 오고 파니도 왔다, 그러곤 무대 위에선 악사들이
흥겹기 그지없는 원스텝 곡을 막 연주하기 시작했다
오 날개 달린 듯 박자는 행복에 겨워 빨리빨리도 달린다!
우리 모두 열광하며 미친 듯 춤추며 불타올랐다.

이제 벌써 희부옇게 지새오는 새벽 무렵 잠자리에 눕는다,

온 감각에선 기젤라의 향수 냄새가 여전히 만발하며 묻어나온다,

쉬미* 댄스곡을 흥얼거린다, 파니의 생각을 하면서

이 밤을 다시 시작해도 무방하리라 여긴다.

---

* 허리와 어깨를 흔들며 추는 춤

노년

Altwerden

벽에서는 횟가루가 부스스 떨어지고,
내 회백색 머리칼에서는 비듬이 우수수 떨어진다,
예전엔 나 무척이나 홍겹고 유쾌하였지,
이제 더는 예전의 내가 아니다.
아아, 별들은 사랑스런 광채로 깜빡이며
하늘에 총총 붙박아 서있는 듯 보이지만,
그러나 별들이 멈춰 서있는 건 아니다,
번개처럼 달리며 끊임없이 자전自轉하며
멀리로 더 멀리로 내닫는다.
그렇게 나 또한 서두르며 내달린다,
유유히 코냑 잔을 옆에 두고 앉아 있을 때라도
무덤을 향해 빨리 더 빨리 내달린다.
횟가루가 벽에서 줄줄 흘러내리는데,
바닥엔 시퍼런 번개가 번쩍 한다,
창문으론 비가 들이쳐 흩뿌려진다,

내 무릎과 손위로.

오 하느님, 어서 오셔서 나를 보살펴주소서!

허나 아무도 오는 이 없구나, 아무도.

나는 앉아서 종이 위에 글을 끄적인다,

들이친 비를 맞은 채

그리고 기다린다, 오지 않는 것을 향해

앙상한 가지에 앉은 영락없는 까마귀처럼.

어머님을 향해 가는 길

Weg zur Mutter

이따금 황폐한 잿빛 밖으로
지극히 행복한 한 시간의 향내가 난다,
어느 여인의 꽃처럼 고운 이름 같이,
다그마, 에바, 리제, 아델라이드.
이따금 새하얀 섬광이 아른댄다
팔소매 틈새로 삐져나온 아가씨의 살갗,
가느다란 눈매가 짓는 사랑의 눈길,
화려한 머물음이 만드는 짤막한 기쁨이.
그처럼 내 비록 그 단명함을 알지만,
그 희열을 향한 갈망으로 가득 차 있기에,
사랑의 눈길을 보낸다, 그리고 불타오른다
여인의 매 가슴, 가슴에 사랑스레 안기어.

그렇게 나는 지금 어린아이가 되었다오,

자그마한 행복의 도피 속에서

탐욕스레 달리며 온 고장에서 은밀히

어머님의 냄새와 어머님의 젖가슴을 찾는 아이가.

어서들 와요, 짤막한 사랑의 불길이여,

내 키스를 받아주오, 너희 갈색의, 파란 색의 두 눈이여,

구애의 놀이여, 다채로운 모험이여,

환영합니다, 구원의 여인 어머님이시여!

당신을 사랑하는 건, 나 알아요, 죽음에로 이끌어간다는 것을,

나의 불나방이의 꿈은 불에 타 사라진다오.

나를 암흑 속에서 부패되어 스러져가지 않게 해주어요,

불꽃 한복판에서 죽게 내버려 두세요.

밤마다

Jede Nacht

매일 밤 꼭 같은 통증이,
처음엔 춤을 추더니, 웃더니, 벌컥벌컥 마시더니,
내 방에서 기진맥진 지쳐 떨어져
냉기 스민 침상 속으로 기어든다.
잠깐 토막 잠에다 긴 깨어있음,
종이 위에 시구 끄적거리기,
타는 듯한 눈을 상처가 나도록 비비기,
친애하올 하느님, 이건 웃기는 일이 아닙니까!
토막 꿈 사이사이에 누워,
이 고통이 끝나기를 소망해 본다,
꾸겨진 베개에 대고 비벼대니
뺨은 뜨겁고, 손은 축축한데,
위스키를 목에다 털어 넣는다,
잃어버린 목구멍에선

질식한 영혼이 통곡을 한다,
어디엔가 지옥 밑바닥 밖으로
새벽이 와서는 살살 기어나가고,
낮은 끔찍한 두 눈으로
나의 죄악을 향해 뚫어져라 노려본다.

오 그처럼 늦은 밤에 ...

O so später Nacht. ...

오 그처럼 늦은 밤에 집으로 간다,
짝사랑에 빠져, 실연당한 채,
입맞춤의 기쁨 한번 맛보지도 못하고,
허연 널따란 하늘 속으로 올려다본다,
오리온성좌가 슬프게 땅을 향해 뒷걸음질 치는 양을!

이제 집에 오니, 등불과 침상이 맞아준다,
기만당한 채 외롭게 몸을 누이고
무거운 소망으로 이리저리 뒤척이며
부질없이 잠을, 꿈을, 위안을 갈망해본다,

탕진해버린 삶에 대한 슬픔에 가득 차
추억의 갱도坑道를 파 헤집는다,
그리고 깨닫는다, 우리에게 주어진 단 하나의 위안이란,
살아야만 하는 데엔 죽어도 된다는 게 필수적이라는 것을!

화장실에서

Bei der Toilette

수많은 세월을 세상과 동떨어져 살아왔다
여인네들과 향락의 이 시장판은 모르는 채로,
거칠고 세련되지 못해 내게만 의지하여,
나무들과 형제를 맺고 호수와 강물을 벗 삼아.
이제 저녁에 할 일들을 배우고 있다,
면도하기, 나비넥타이매기, 셔츠와 피부 손질하기 따위를
턱시도를 입고 외출하기, 구두 닦기,
웨이터를 지나쳐 무도곡이 울리는 곳을 향해 가기 따위를.

거울 속엔 미소를 띠고 있는 내 얼굴이 보인다,
약간 피곤한, 흰머리가 한 결 더 늘어난 데다 약간 더 창백한,
약간 더 심술궂은, 주름살로 우글쭈글한 얼굴이다.
언젠가 눈은 맑았고 이마는 눈이 부셨지,
뺨과 입술은 웃는 표정에 한결 부드러웠지,
그 시절엔 분가루며 포마드가 필요치 않았다.

자, 늙은 자그마한 사내여,

곱게 빗질하여 가르마를 정갈하게 가르라,

면도질 멋지게 하고 파티용 와이셔츠 속으로 스르르 들어가라!

이 모든 너의 노력은 그러나 아마도 사치일 터이다,

너는 이 세상에서도 역시 여전히 낯설게 머무를 터이니,

그리고 언젠가는 숲이 너를 다시 되 낚아채 갈 터이니,

개울물이, 빗물이, 별들이 산과 호수들이.

너는 찬란한 허접스레기들을 내 팽개쳐 버리고

다시 한 번 너의 옛길을 걸으리라,

다시 방랑하고, 배회하며 둘러보아도 되리라,

외로운 술잔을 마지막 방울까지 털어 마시리라,

그리고 이 드넓은 숲에서 나 남몰래 죽어 가리라.

종말엔

Am Ende

깜빡이는 불빛이 느닷없이 움찔한다,
그 빛 수많은 쾌락으로 나를 유혹하였지,
굳어버린 손가락에선 관절염이 아우성친다,
홀연 다시 황야에 서있다,
코요테여, 침을 뱉어라, 기쁠 것 없는
불타버린 축제의 파편들에다,
내 여행 가방을 꾸려라, 황야에로 되돌아가라
그건 생사에 관한 문제이기 때문에.
잘 있어라, 흡족한 형상계여,
가면무도회여, 그리도 달콤했던 여인들이여;
지금 삐걱대며 내려지고 있는 커튼 뒤에선
내 알거니와, 익숙한 비참이 기다리고 있다.
느릿느릿 나는 적을 향해 가고 있다,
고통은 점점 더 극악하게 나를 졸라맨다.
깜짝 놀란 심장은 세차게 고동치며
기다린다, 기다린다, 죽음을 기다린다.

니논을 위하여

Für Ninon

내 삶이 이처럼 암담하고
바깥엔 별들이 서둘러 달리고
모든 게 눈부시게 빛나고 있는데
너 기꺼이 내 곁에 머물러 주는 것,

삶의 분망함 속에서 너
하나의 중심을 알고 있는 것,
그건 너와 나를 위한 너의 사랑을
탁월한 활력이 되게 한다.

내 암담함 속에서 너
실로 은밀한 별을 예감한다.
너의 사랑으로 나에게 경고해준다
인생의 달콤한 핵核에 대해

교훈

Belehrung

많던 적던, 사랑하는 소년이여,
인간의 모든 말은 결국 속임수다,
우리가 기저귀에 채워져 있을 때가 비교적
가장 정직하였지, 그리고 훗날 무덤 속에서.

거기 조상님네 곁에 몸을 뉘었을 때
우리는 마침내 현명해지고 극히 냉철한 명석함 속에서
매끈한 백골과 함께 달그락대며 진리를 뇌까리는 것이다,
그런데 많은 이들은 거짓말을 하며 오히려 다시 살았으면 한다.

관절염

Gicht

손가락들을 구부릴 수 있는 날엔,
시를 쓰는 일로 시간이 간다,
그러다 혹 괜찮은 시구를 찾으면
세상이, 관절염이, 통증이 아무 문제도 안 된다.

어떤 날엔 쓸 수가 없어
뼈마디 속 깊숙이 줄기차게 늘어나
슬슬 기어 나오는 것에 귀를 대고 엿듣는다.
그건 죽음이지만 우린 그걸 관절염이라고 부른다.

난 그놈이 질색이다, 종종 우린 싸우며 나뒹굴기도 한다.
그러나 이따금 깨닫는다, 그놈이 고약해서
내게 덤비는 건 아니라고. 그놈의 임무는 구원이고
나는 흔쾌히 한 구간만큼은 따라가 준다.

우리가 완전히 화해를 하고 합의를 보게 되면,

그놈을 관절염이라고, 죽음이라고 더는 부르지 않으리라,

영원한 어머니로서 그놈을 인식하리라,

그의 부름을 사랑이라고, 나는야 그 아기라고.

유혹

Verführer

수많은 대문 앞에서 기다렸다,

여러 아가씨들의 귀에다 내 노래를 들려주었지,

수많은 아리따운 여인들을 유혹하려 하였지,

더러는 성공도 하였다.

어느 입술인가가 나에게 바쳐올 때마다,

욕정이 충족될 때마다,

무아無我의 환상이 무덤 속으로 침몰하였지,

내 실망한 두 손안엔 육체만이 잡혀 있었다.

그리도 열정으로 갈구했던 입맞춤은,

그리도 오래 열기에 들떠 구애했던 밤들은,

결국 나의 것이 되었지 ─ 그리고 꽃송이는 꺾여버렸다,

향기는 사라지고, 최상의 것은 망가졌다.

많은 잠자리에서 고통을 짓밟으며 일어섰다,

매번의 포만감은 권태감으로 변해갔지.

하여 환락 밖으로 나를 빼어내 타는 듯 갈망하였다,

꿈을 향해, 동경을 향해, 외로움을 향해.

오, 어떤 소유에도 행복할 수 없는 저주여,

현실이 번번이 꿈을 부정하는 저주여,

현실 속에서 구애하며 시구를 지었던 꿈이 아니던가,

그처럼 황홀하게 울리며 열락으로 가득 찼던 꿈이 아니던가!

손아귀는 머뭇머뭇 새로운 꽃송이를 찾아 뻗친다,

새로운 구애에로 내 시의 운을 맞추려 한다 . . .

그대 아름다운 여인이여 저항하라,

그대의 옷을 단단히 여며 조여라!

황홀하게 즐겨라, 괴로워하라 ―

그러나 내 말에 귀 기울이진 말라!

실망하여

Der Enttäuschte

수많은 영롱한 나비들을 잡았다고 생각했다,
이제 가을 오니 모든 나비들은 날아가 버렸다.
세상을 정복하기 위해 집을 떠났건만
길을 잃고 세상을 떠돌아 다녔다.

여기 대지에서 어떻게 추위를 견뎌내기를 배워야 했던가,
한때 그처럼 따스하고 여름처럼 불타던 대지에서!
얼마나 숱한 충동이, 오직 먼지가 되기 위해,
내 삶과 그 꽃들을 탐욕스레 몰아댔던가!

나 자신을 제왕이라고 여겼었다
그리고 이 세상은 마법의 정원인 거라고,
마지막엔 오직 다른 어느 늙은이들과 함께
수다를 떨며 공포에 가득 차 죽음을 기다릴 뿐인 것을.

좀 더 노쇠하여져

Älterwerden

청춘의 별들이여, 너희들은
어디에로 떨어져 갔느냐?
너희 모든 별 중에 아무도
보이지 않는다, 흘러가는 구름 속에서.

너희들 내 청춘의 벗들이여,
아아 얼마나 재빨리 너희들은
세상과 평화를 맺었던가!
아무도 없었다, 내편이 되어준 건!

소년들아, 우리 늙은이들을 비웃는
너희들은 얼마나 옳았더냐!
하긴 나자신 또한 ― 얼마나
자신에 충직하지 못하였던가!

그럼에도 나 계속 싸워 가리라,
세상에 대항해 버텨 서리라.
나는 영웅으로서 승리를 거두진 못하리라,
그러나 투사로서 쓰러지리라.

Aus den Jahren

1929 ~ 1941

Gedichte des Sommers 1929
1929년 여름에

여름밤 제등提燈들

Lampions in der Sommernacht

어두운 정원의 서늘함 속에 따스하니
아롱진 제등提燈 대열이 일렁이며,
무성한 나뭇잎 무리 밖으로
여리게 은밀한 빛을 보내고 있다.

어떤 등은 레몬 색으로 환하게 미소를 짓는다,
빨강과 하얀색은 확고하게 웃고 있는데
파란색은 나뭇잎 무리 속에 달처럼 유령처럼 사는 듯 보인다.

하나가 홀연 불꽃에 휩싸인다,
활활 솟구치더니 황급히 꺼지고...
그 자매들은 가만히 웅크리고 몸서리친다,
미소를 짓는다, 죽음을 기다린다,
달빛의 파란색이, 포도주의 노란색이, 우단 같은 빨간색이.

성급히 온 가을

Verfrühter Herbst

어느새 시들기 시작하는 낙엽들의 냄새가 코를 찌른다,
옥수수밭들은 텅 비어 이제 보이는 게 없고,
우린 알고 있다, 다음 번 어느 폭우엔
기진한 여름의 목덜미가 부러지리라는 것을.

금작화 깍지들이 바싹 말라 터지는 소리. 문득 우리 모두에게
오늘 손에 쥐고 있는 것으로 보이는
모든 것들이 아득히 먼 전설처럼 여겨진다,
모든 꽃송이들은 야릇하게 혼란을 일으킨다.

조바심에 놀란 영혼 속에서 하나의 소망이 자라난다,
부디 그 꽃들이 너무 생존에 집착하지 말았으면,
시들음을 나무처럼 여기며 겪어낼 수 있었으면,
축제와 눈부신 색채가 그들의 가을에 빠지지 않았으면.

8월 말

Ende August

다시 한 번, 우리는 진작 단념했었지만,
여름은 제 위력을 되찾았다.
여름은 빛을 뿜는다, 너무 짧아진 나날을 압축시키듯,
작열하며 구름 없는 태양을 자랑한다.

그처럼 인간도 안간힘의 끝자락에,
실망하여 이미 움츠려들었을지라도
돌연 다시 한 번 도약을 믿어본다
남은 인생을 감히 비상飛上하려 엄두내보면서.

사랑에 자신을 탕진하든
늦은 작품을 준비하든
그의 행위 속에서, 황홀경 속에서
종말을 향한 인식이 가을 하늘처럼 투명하게
그리고 깊숙이 울린다.

흉몽|凶夢

Widerlicher Traum

내 방으로 들어오니,
침대 위엔 어느 병든 늙은이가 누워 있다,
그에게 연민은 느끼지만 견뎌낼 수가 없다,
그 늙은이 언제고 화를 돋군다.
왜냐하면 난 아직 그자가 아니므로,
그자 안으로 아직 들어가지 못하였으므로,
잿빛 나무토막처럼 뻣뻣한 뺨을 한 그 늙은이 안으로.

거울 속엔 그자 나와 사뭇 닮아 보인다,
그래도 난 그 늙은이보단 좀 더 젊고 더 매끈하다고 믿는다,
그보단 좀 더 호감이 가는 모습이라고.
요컨대, 우리 둘은 아직은 완전히 일치하진 않는다,
이제 난 바로 얼마 전 겨우 쉰 살에 불과했는데 —
단적으로, 난 그자가 되는 걸 거부한다.
싫다! 아직 오랜 후까지 난 그자가 아니란 말이다!

그 늙은이는 누워있다, 황폐한 살갗을 하고

나는 그자의 자리에 존재하는 게 아니라고 여긴다,

그러나 그자의 나약한 미소가 나를 치명적으로 한 방 갈긴다.

서서히 나 자신이 사라져간다,

나를 잃어버리고, 노쇠하여 텅 빈 채 쳐다본다,

마치 내가 그 폭삭 늙은 할아버지인 양 . . .

헌데 그게 맞구나, 내가 바로 그자가 아니냐.

시들어가는 장미꽃

Verwelkende Rosen

부디 많은 영혼들이 깨달았으면,
많은 연인들이 배울 수 있었으면,
그처럼 저 자신의 향기에 도취되어
사랑에 홀려 살인자 바람에 귀 기울이느라
분홍 꽃잎들의 유희 속에 흩날려가는 것을,
미소를 머금고 사랑의 향연에서 멀어져
이별을 하나의 축제인 양 거행하고,
한 번 입맞춤처럼 죽음을 마시기 위해
제 몸으로 녹아들어 떨어져 자지러드는 양을.

파랑나비

Blauer Schmetterling

작은 파랑나비 한 마리
바람에 불려 파드닥댄다,
진주조개 가루가 이슬비처럼
반짝이며, 파르르 파르르 떨며, 흩어져 스러져간다.
그렇게 눈 깜빡 하는 찰나
그렇게 흩어져 스러짐 속에
나 보았다, 행운이 나에게 손짓하는 것을,
반짝임이, 아른아른 떠는 것이, 스러져가는 것이.

여름저녁

Sommerabend

작은 손가락이 한편의 시를 쓴다,
새하얗게 바랜 목련꽃이 창문으로 들여다본다,
유리잔 속엔 저녁 포도주가 어슴푸레 반짝이고
사랑하는 여인의 머리칼과 얼굴이 비친다.

여름밤은 그 자다란 별들을 흩뿌려놓고
달빛 환한 잎사귀엔 젊은 날의 추억이 향기를 풍기는데 . . .
머잖아, 내 작은 손가락이여, 우리 곰팡이가, 먼지가 되리라,
모레에 — 내일에 — 어쩌면 이미 오늘에.

어느 어린아이의 죽음에

Auf den Tod eines kleinen Kindes

너 이제 이미 떠나갔다, 아이여,

인생에 대해선 아무 것도 겪어보지 못한 채로,

헌데 우리의 시들은 세월 속에

우리 늙은이들은 갇혀있다.

한 번 숨 결, 한 번 눈 놀림으로,

이 땅의 대기와 빛을 맛보는 게

너에겐 충분했고 이미 너무 넘쳤던가,

너 잠이 들었다, 다시는 깨어나지 못하리라.

어쩌면 그 숨결과 눈길 속에는

너에게 나타났던 평생의

놀이와 모습이 담겨있는지도 모른다

깜짝 놀라 너 물러갔는지도 모를 일이다.

어쩌면 우리들의 두 눈이, 아이여,

언젠가 꺼지면, 우리에겐 여겨지겠지,

너의 두 눈이 본 것 보다 더 많은 것을, 아이여

우리 두 눈이 본 것은 아닐는지도 모른다고.

어느 벗의 부고를 받고

Bei der Nachricht vom Tod eines Freundes

덧없는 것은 빨리도 시들어간다.
메마른 세월은 빨리도 흩날려간다.
영원할 것으로 보이는 별들은 비웃는 듯 바라본다.

우리 내면의 정신만이
동요 없이, 비웃는 법 없이 고통 없이.
그 유희를 바라볼지라도,
정신에겐 "덧없음"과 "영원함"이란
많고 적음에 있어 매한가지일 터이지...

그러나 마음은
거부한다, 사랑 속에 불타오른다,
제 몸을 내맡긴다, 시들어가는 꽃이여,
무한한 죽음의 부름에다,
무한한 사랑의 부름에다.

폭우 지난 뒤 꽃들을 보라

Blumen nach einem Unwetter

자매들처럼, 모두 함께 동시에 몸을 추슬러 세워
휘어진 채, 물방울 뚝뚝 떨어뜨리며 바람 속에 서있다,
불안하게 여전히 겁먹은 채 폭우에 눈도 멀었건만
어린 것들은 더러 부러지고 부서져 죽어 널브러져 있다.

이제 서서히, 여전히 마비된 채 그러나 머뭇머뭇 망설이면서
그 머리들을 다시금 사랑스런 반가운 빛 속으로 치켜든다,
자매들처럼, 최초의 미소를 지어보느라 안간힘 쓴다:
우리는 아직 여기에 서있다, 적은 우리를 삼켜버리진 못하였다,

여러 시간 그 모습을 보고 있자니 나에게 경종을 울려준다
그제야 나는 마비된 채, 삶에 대한 어두운 충동 속에서
밤과 비참 밖으로 나를 끄집어내어
감사한 마음으로 사랑하는 눈부신 빛에로 되돌려놓는다.

오래된 공원

Alter Park

군데군데 부서진 오랜 벽들,
틈새에는 이끼와 난장이양치들,
검은 주목朱木들을 헤집고 그 틈새에서
강렬한 태양의 조각난 불꽃이 번쩍번쩍 새어나온다.

바깥엔 8월이 들끓으며 작열한다,
여기 이끼더께 두터운 후미진 구석엔
회양목 덤불 향기가 짙게 풍긴다,
패랭이꽃 빨간색 선혈로 홍건히 젖은 채로.

비옥하고 눅눅한 검은 흙은
잡초 아래 수북이 쌓여 있고
위에는 가느다란 성급히 자란
얽힌 나뭇가지들이 노쇠한데다 앙상하다.

녹슨 빗장 뒤에는
노래와 전설이 소곤대며 잠을 자고,
대문은 망을 보고 있다, 아무도 감히
제 비밀의 봉인을 떼어내지 못하도록.

늦여름 나비들

Schmetterlinge im Spätsommer

수많은 나비들의 계절이 돌아왔다,

철늦은 초草협죽도 향기 속에 그들의 춤사위가 나풀댄다.

말없이 푸르른 하늘에서 헤엄쳐 왔구나,

제독提督나비, 여우나비, 제비꼬리나비,

황제나비, 진주조개나비,

수줍은 비둘기꼬리나비, 붉은 곰나비,

호랑나비 그리고 작은 멋쟁이나비들.

오묘한 색채로, 모피와 우단에 덮여,

보석처럼 아른아른 반짝이며 나비들은 일렁이며 떠오고 있다,

화려하게 구슬프게, 묵묵히 몽롱하게 마비되어,

침몰해 간 동화의 세계에서 왔느냐,

이 세상에선 낯선 객이여, 낙원의 초원에서 날아와

꿀맛에 젖어 여전히 몽롱하게 마비된 채로,

우리가 꿈속에서 보는, 잃어버린 원향原鄕이던,
동방에서 날아 온 단명短命한 객들이여
우리는 그대들의 영적인 사명使命을 확신한다,
보다 고귀한 현존의 화사한 담보로서.

모든 아름다움과 덧없음의 상징이여,
극한의 섬세함과 화려함의 상징이여,
여름제왕들의 축제에 끝나갈 무렵 참여한
애잔한, 금빛으로 장식한 손님들이여!

여름은 늙어버렸네 ...

Sommmer ward alt . . .

여름은 늙은 데다 지쳐버렸다,
잔인한 두 손을 가라앉힌다.
텅 빈 눈으로 저 너머 먼 고장을 바라본다,
이제 종말이다
제 불길을 불똥으로 흩날려버리고,
꽃들을 몽땅 태워버렸다.

그렇게 모든 건 가버린다. 마지막엔
우리 기진해 뒤돌아본다,
오들오들 떨며 빈손에다 입김을 불어넣는다,
의혹을 품어본다, 언제 무슨 행복이라도
무슨 행위라도 있었던가.
멀리 아득히 우리의 인생은 지나가버렸다,
창백하게, 우리 읽었던 옛이야기처럼.

한때 여름은 봄을 짓부서버렸었지,
제가 훨씬 더 젊다고 강하다고 여겼지.
이제 고개를 끄덕이며 웃는다. 요즈음엔
전혀 새로운 희열을 맛보고 있다,
아무것도 원하지 않기, 모든 걸 단념하기
내면으로 침잠하기 창백한
두 손을 냉혹한 죽음에다 놓아두기,
더 이상 아무것도 안 듣기 안 보기,
잠들기 … 꺼지기 … 사라져가기 …

고엽

Welkes Blatt

모든 꽃들은 열매를 맺으려 하고,
매 아침은 저녁이 된다,
땅위엔 영원한 것이란 없다
변화 말고는, 도주 말고는.

가장 아름다운 여름 또한
언젠가 가을과 시들음을 느낀다.
붙들어라, 이파리여, 조용히 참을성 있게.
바람이 너를 떼어내 날라 가려 할 때.

너의 놀이를 계속하라 그리고 저항하지 말라
조용히 지켜보라,
너를 꺾어버리는 바람이
너를 집으로 불어가게 놔두어라.

통증

Schmerz

통증은 우리를 왜소하게 만드는 장인匠人이다,
우리를 더욱 가련하게 태우는 불길이다.
우리를 삶에서 떼어내
몽땅 태워버리곤 혼자 남겨둔다.

지혜와 사랑은 조그맣게 줄어들 테지,
위안과 희망은 얄팍하니 찰나적인 게 될 테지
통증은 우리를 질투하며 격렬히 사랑해주니,
우리는 녹아 스러져 존재가 될 것이다.

통증은 현세의 모습과 자아를 일그러뜨린다,
나부끼며 불꽃 속에서 곤두선다,
그러다 고요히 재災속으로 파묻힌다
그러곤 그 장인에게 자신을 넘겨준다.

꽃의 일생

Leben einer Blume

파릇한 원형의 꽃받침 밖으로 어린아이처럼 당황하여
그녀는 머뭇머뭇 제 주변을 둘러보다 차마 쳐다보진 못한다,
빛의 파도에 안겨져 있는 걸 느낀다
낮과 여름이 알길 없이 푸르러가는 걸 감지한다.

빛이, 바람이, 나비가 그녀에게 구애求愛를 해오면
최초의 미소 속에서 그녀는 삶에다
제 불안한 가슴을 열어준다. 그러곤 단명한 일생
일련의 꿈들에다 제 몸을 바치는 걸 익혀 배운다.

이제 그녀 활짝 웃으니 그 색깔들 불타오르고
꽃 대궁에선 황금빛 꽃가루가 화르르 화르르 흩날린다..
그녀는 무더운 정오의 화염과 사귀다
저녁이 되면 기진하여 잎 속으로 몸을 숙인다.

가장자리는 난숙한 여인의 입을 닮아
입가 잔주름에 엿보이는 나이가 파르르 파르르 경련을 한다,
뜨겁게 그녀의 웃음 만개하는데, 밑바닥에선 그러나
이미 포만飽滿과 쓰디쓴 파멸의 냄새가 난다.

이젠 쪼그라들어, 갈갈이 비틀어져 매달려 있다
오그라든 꽃잎들 기진맥진 씨방 위에.
영롱한 색깔은 유령처럼 퇴색된 채로, 위대한
비밀이 사멸해 가는 그녀를 보듬어 안는다.

밤비

Nächtlicher Regen

잠이 들 때까지 듣다가
그 소리에 깨어났다,
이젠 들으며 느낀다,
수천 가닥의 소리로 흠뻑 젖어 서늘하게,
온밤을 가득 채운다,
속삭임, 웃음소리, 신음소리들
마법에 걸린 나 그 소란한 혼돈에 귀를 기울인다,
흘러가는 듯 부드러운 소리에.

그 모든 딱딱하고 메마른
혹독히 가문 햇빛 쨍쨍한 나날의 음향 뒤에
얼마나 친밀히 부르는가, 얼마나 복에 겨워 차라리 불안한
비의 부드러운 울음소리인가!

그처럼 오만한 가슴 밖으로 터져 나온다,
거칠게 대결이라도 하려는 듯
한때 흐느낌의 천진한 쾌감이,
눈물의 사랑스런 샘물이,
좍좍 흐르며 비탄하며 마법을 풀어준다,
하여 말문이 막혔던 이는 말을 할 수 있고
새로운 행복과 고통에다
길을 열어주고 영혼을 널찍하게 늘려준다.

우리는 은밀히 갈증이 난다. ...

Doch heimlich dürsten wir. ...

우아하게, 영적으로, 아라베스크무늬처럼 섬세하게
우리의 삶은 정령의 삶인 듯
존재와 실재를 제물로 바친 무無의 주위를
하늘하늘 춤을 추며 돌고 또 도는 듯 여겨진다.

아름다운 꿈들, 화사한 놀이들
숨결 낮추고, 음을 영롱하게 고르고,
그대의 유쾌한 표면 아래 깊숙이
밤을 향한, 피를 향한, 야만을 향한 그리움이 희미한 빛을 낸다.

공허 속에 강요도 요구도 없이
우리의 삶은 자유로워, 언제고 놀이할 준비가 갖춰져 있다
그래도 은밀히 우리는 현실을 향해 갈증이 난다
잉태와 출산을 향해, 고통과 죽음을 향해 갈증으로 목이 탄다.

어느 시집에 바쳐

Widmungsverse zu einem Gedichtbuch

I
그건 역시 더 이상 과잉이 아니다
원무 곡도 이미 가을답게 울린다,
그래도 우리는 침묵하지 않으련다
훗날 울리련다, 진작 울렸던 것을.

II
숱한 시행들을 나 썼지만
남아 있는 건 얼마 안 된다,
아직도 여전히 나의 놀이이고 꿈이다

가을바람이 나뭇가지를 흔든다,
수확의 축제를 위해 오색단풍으로 물들어
생명의 나무에서 이파리들이 나부낀다.

III

이파리들이 나무에서 나부낀다,

노래는 인생의 꿈에서

팔랑팔랑 놀이를 하며 나부껴 흩어진다.

우리가 최초로 노래했던 이래,

곱디고운 멜로디 가운데,

많은 게 떨어져 가라앉아버렸다.

노래들 또한 사멸해갈 것들,

어느 것도 영원히 다시 불리진 못한다,

모든 건 바람에 흩날려간다:

꽃들은, 나비들은,

영원불멸의 것에 대한

찰나적 비유에 불과하니.

피리소리

Flötenspiel

한밤 관목 덤불과 나무 사이로 어느 집
창문에선 은은하게 아른거리는 빛이 새어나오고
보이지 않는 방에는
피리 부는 사람이 서서 피리를 분다.

예부터 아주 잘 알려진 노래였다,
피리소리 은은하게 밤 속으로 흐르니
고장마다 고향인 듯,
가는 길마다 완성인 듯.

그의 숨결 속에 나타나는 것은
내밀한 의미의 세상이었다,
내 가슴 기꺼이 내맡기니
모든 시간이 현재가 되었다.

Aus den Jahren
1944 ~ 1962

평화와 희망

Frieden und Hoffnung

가을 저녁, 전쟁 발발 5년에[*]

Herbstabend im fünften Kriegsjahr

느릅나무 속에서 밤이 솨솨 소리를 낸다,
정원은 유령들로 가득 우글거리며 웃는다,
나 삐걱대는 창문과
내 심장을 다시 닫아버렸다.
파편들이 날카롭게 서늘하게 번쩍인다,
하늬바람 사납게 휘몰아치며
나의 촛불을 꺼버리곤 가지들 속에서
깊은 한숨과 눅눅한 소용돌이를 일깨운다.

아아 우리 몽상가들은 이 세상에서 무얼 어찌하나?
시인이니 사상가들은 이 세상에서 낯설기 그지없다 —
우리 조종사가 되자 장군님들이 되자,
아니면 미쳐버리거나 혹은 벌판에서 회록색 야생의 짐승이 되자!
흔들리는 유리병에서 포도주를 마시자,
조각조각 깨어진 창문 밖으로 우리의 품위를 으깨 던져버리자,
다만 옛 비참을 영원히 생각하지는 말자!

[*] 일차 대전 당시 헤세는 극렬한 반전 운동을 다양한 방식으로 펼쳤다.

저기 느릅나무 밖으로 달이 제 모습을 드러낸다,
그 시절의 달이, 행복했던 밤들의 달이,
눈물을 흘리며 나 너를 향해 올려다본다,
모든 성스러운 것과 정의의 상징이여,
나 잃어버린 모든 좋은 것 귀한 것의 상징이여!
오오 너를 향해 나의 가슴은 여전히 신의로 가득 차 있다,
오직 너만이 나를 기만하지도 속이지도 않는다,
너의 옛 서늘한 두 눈을 들여다보는 것
그것이 아직도 여전히 음악이고 위안을 주는 빛이다!

저 바깥 들판에는 잠행 척후병들이 기어오고,

지뢰들이 터지고 광기가 무덤에서 작렬한다,

가련한 선혈 낭자한 뼈다귀들이 흙에 범벅이 되어 튕겨 오른다,

장군님들은 저 먼 뒤쪽에서 애를 쓴다,

절룩거리는 비루먹은 말을 계속, 계속 좇느라,

진창과 핏속으로 더욱 깊숙이 그 불운의 마차를 내닫게 하느라.

아아 우리 이 어리석은 믿음일랑 매장해 버리고 싶다,

사랑과 정신이 이 땅위에 자리 하나 잡을 수 있도록!

1944년 10월에

비는 열정적으로 강물이루며 흐른다,
흐느끼며 제 몸을 땅으로 내동댕이친다,
실개천이 길바닥마다 졸졸 소리 내며
진작부터 여전히 유리처럼 미동 없는
넘치는 호수를 향해 흘러간다.

우리 어젠가 유쾌했던 것은
세상이 우리에게 행복하게 보였던 것은
하나의 꿈이었다. 반백의 머리를 하고
우리는 가을처럼 서있다 그리고 알게 된다,
전쟁의 참화를 앓으며 그걸 증오한다.

깡그리 헐벗은 채로 싸구려 장식 하나 없이
한때 웃고 있던 세상이 누워있다.
나목이 된 가지 난간 사이로
겨울이 죽음의 쓰디쓴 맛으로 들여다본다,
그리고 밤이 우리를 향해 손을 뻗친다.

늦은 시험

Späte Prüfung

다시 한 번 광막한 인생에서 운명이 나를 낚아채
비좁은 구석으로 마구 구겨 넣는다,
어둠과 짓눌림 속에서
나에게 시험과 고난을 마련하려한다.

오래 전 이미 성취한 것으로 여겨졌던 모든 것,
안식과 지혜, 노년의 평온,
회한 없는 인생의 고백성사들 —
그건 진정 나에게 주어졌던 것일까?

아아, 저 행운들은
내 손에서 떨어져 나갔다
재물 재물마다, 한 조각 한 조각 송두리째
보다 즐거웠던 나날과 함께 사라져버렸다.

파편의 산더미와 폐허의 퇴적장들이
되어버렸다 이 세상과 나의 삶은.
울면서 나는 자신을 내맡길 것이었다,
만일 내가 이 반항의 용기를 지니지 못했더라면,

영혼 밑바닥의 이 용기를,
나를 지탱하고 저항할 용기를,
나를 괴롭히고 있는 것이 밝은 세상으로
반드시 돌아가야만 하리라는 이 믿음을 지니지 못했더라면,

이 어리석은 끈질긴
모든 지옥 위 높다랗게 서있는
꺼버릴 수 없는 영원한 빛을 향한
많은 시인들의 어린아이 같은 믿음을.

귀를 모아 듣는다

Aufhöchen

아주 여린 음향, 그처럼 새로운 숨결이
잿빛 대낮을 관류하며 지나간다,
새들의 파드닥대는 날갯짓처럼 수줍게,
아주 소심한 봄 향기처럼.

인생의 아침 시간에서 이리로
추억이 나부껴온다,
바다 위에 내리는 은빛 소나기처럼
경련을 일으키다 스러져간다.

오늘부터 어제까지는 아득한 것처럼 여겨진다,
오래 잊었던 것이 가깝게,
전생前生과 옛이야기 속 시간은
열려진 정원으로 가로놓여있다, 저기에.

어쩌면 천년 넘게 안식을 취하시던
나의 태곳적 조상님께서 깨어나,
이제 내 목소리와 대화를 할지도,
내 피 속에서 몸을 따스하게 녹이실지도 모를 일이다.

어쩌면 어느 사신이 바깥에 서계시다,
내 곁에서 같이 들어가 줄지도,
어쩌면, 아직 날이 저물기 전에,
나 집에 가 있을지도 모를 일이다.

슬픔

Traurigkeit

어제만 해도 느껴졌던 것이
오늘 죽음에 바쳐졌다,
꽃들은 송이마다 떨어진다, 떨어진다
슬픔의 나무에서.

꽃들이 송이송이 떨어지는게 보인다
내 오솔길에 내리는 눈처럼,
발걸음 소리 울리지 않으려
오랜 침묵이 다가온다.

하늘엔 별도 뜨지 않고
가슴엔 사랑이 더 이상 없다,
잿빛 원경이 침묵을 한다,
세상은 늙은 데다 텅 비어있다.

누가 제 심장을 지킬 수 있겠는가
이 심술궂은 세상에서?
꽃들이 송이송이 떨어진다, 떨어진다
슬픔의 나무에서.

기억

Erinnerung

미래를 생각하는 사람이라면
삶에 대한 의미와 목표를 지닌다.
그에겐 행동과 노력이 존재하나
안식은 주어지지 않는다.

고작, 영원한 현재 속에
존재하는 삶이랄까.
그러나 이 축복은
오직 아이들이나 신에게 주어지는 것을.

지난 세월이여, 너희는
우리 시인들에겐 위로와 양식이니.
그 환기喚起와 보전이
바로 시인의 사명이다.

시들어 스러진 것이 다시금 새롭게 피어나고
시원始原의 것이 청춘이 되어 미소를 짓는다.
경건한 기억이
그에게 경외에 찬 신의를 지킨다.

지난 세월과 유년시절 속으로
진지하게 열의로 침잠하는 것
모성*을 기억하고 숙고하는 것
바로 그 작업에 우리는 제물로 바쳐졌다.

---

*여기서 모성이란 일반적 의미의 모성을 포함한 생명의 근원으로서의 대지를 의미한다.

H. H. 1958   Blick von montagnola nach Porlezza

평화를 향해

Dem Frieden entgegen

바젤 방송국의 휴전 축제를 위하여
Für die Waffenstillstandsfeier des Radio Basel

증오의 꿈과 피의 도취 밖으로
깨어 나오며 전쟁의 섬광과 치명적인 굉음에
눈멀고 귀먹었지만
온갖 끔찍한 것에 익숙해 있지만
탈진한 병사들은
저들의 무기에서, 가공할 일상의 작업에서
해방되었다.

"평화여!" 라고 울린다
마치 옛이야기 밖으로인 듯, 어린아이의 꿈밖으로인 듯
"평화여." 그리고 기뻐하자마자
심장은 벅차오른다, 눈물이 날 듯 하다.

우리 가련한 인간들,

그렇게 선행도 악행도 가능한

짐승들이고 제신諸神들인 우리! 슬픔은 얼마나 짓누르는가,

수치심이 오늘 얼마나 우리를 바닥에 짓누르는가!

그러나 우리는 희망한다. 우리의 가슴속엔

사랑의 기적에 대한

불타는 예감이 살고 있다.

형제들이여! 우리에겐 정신으로

사랑으로 돌아가는 귀향이 버텨 서있다

그리고 모든 잃어버린

낙원의 좁은 문이 활짝 열려있다.

소망하라! 희망하라! 사랑하라!

그러면 이 세상은 다시 너희들의 것이 될 터이니.

뜬 눈으로 지새는 밤

Wache Nacht

편서풍이 부는 밤이 창백하게 들여다본다,
달은 숲속에서 막 지려는 참인데,
불안한 고뇌와 함께 무엇이 나를 강요하는가,
깨어나라고, 밖을 내다보라고?

잠이 들다 꿈을 꾸다 하였다
무엇이 한 밤중에 나를
불러내며 불안하게 하는가,
무언가 중요한 것을 놓치기라도 한 듯이?

제일 하고 싶은 건 집에서 뛰쳐나가는 거다,
정원에서, 마을에서 이 고장에서
부르는 소리 좇아, 마법의 소리 좇아,
밖으로 멀리 더 멀리 세상을 향해.

가을 냄새

Herbstgeruch

여름 한 철이 다시 우리를 떠나
늦은 폭우 속에 죽어버렸다.
비는 줄기차게 쏴쏴 내리고 흠뻑 젖은
숲속에선 불안의 냄새 쓰디쓴 냄새가 난다.

콜히쿰꽃*은 풀밭 속에서 창백하게 응시하고
버섯들의 무성한 무더기들.
우리의 평야는 어제만 해도 가늠할 길 없이
광대하고 밝았건만, 몸을 숨겨 비좁아졌다.

게다가 불안의 냄새 쓰디쓴 냄새가 난다
빛이 외면해버린 이 세상은.
우리 늦은 폭우에 대비할 채비를 갖춰야 하리라,
인생의 한여름 꿈은 끝이 났으니!

---

* 약용 식물, 원어로 "die Herbstzeitlose: 가을철 없음"

모래 위에 씌어진

In Sand geschrieben

아름다운 것 매혹적인 것은 다만
하나의 숨결, 한바탕 소나기에 불과하다는 것을,
진귀한 것, 황홀한 것,
화사한 것이란 지속되지 않는다는 것을
구름, 꽃, 비눗방울,
불꽃놀이와 아이들의 웃음소리,
유리 거울 속 여인의 눈길
그리고 많은 다른 신기한 것들,
그 모든 것들은 보자마자 파멸해간다는 것을
한 순간만 지속될 뿐,
다만 냄새와 바람결에 불과하다는 것을,
아아, 그것을 우리는 비감으로 인식한다.
그리고 지속하는 것, 확고한 것은

우리에겐 별로 진정한 가치가 못되니,
서늘한 불을 뿜는 보석과
번쩍거리는 육중한 금괴金塊들이,
심지어 헤일 수도 없는 별들도
낯선데다 멀리에 머물러 있다, 그것들은
우리 무상한 존재들과는 닮지 않아
영혼 가장 깊숙한 곳까진 도달하지 못한다.
오히려 가장 진정한 아름다움,
가장 진귀한 것은 파멸에 기울어져
항상 죽음에 근접해 있다,
그러니 가장 값진 음악소리는
생성과 함께 어느새 조급히 서둘러,
이미 스러져 간다, 그도

다만 나부낌이며, 흐름이고 내몰아감이니
나지막한 오열에 감싸여, 심장박동 순간만큼도
머무르려 하지 않고 추방당해,
음音 하나하나 튕기자마자
어느새 사라져 곧바로 흘러간다.
그처럼 우리의 마음은 굳건한 것이 아니라,
확고히 지속적인 것이 아니라
찰나적인 것, 흘러가는 것에, 삶에
충직하여 형제처럼 저를 내맡긴다.
지속되는 것에 우리는 이내 염증을 느낀다,
바위와 별세계에 그리고 보석들에.
우리 영원한 변화 속에 떠도는 존재들
바람의 그리고 비눗방울의 넋들

시간과 혼인을 맺은, 지속을 모르는 존재인 우리,

장미꽃잎 위에 앉은 이슬방울,

새 한 마리의 구애의 지저귐,

구름의 유희가 소멸해 가는 것,

눈꽃의 아른거리는 무늬, 그리고 무지개,

이미 날아가 버린 나비,

아이들의 웃음소리,

이 모두 잦아들며 우리를 스치자마자

어느새 하나의 축제를 의미하는 것들을,

아니면 슬프게 할 수 있는 것들을,

우리는 사랑한다, 우리와 닮은 것을,

그리고 이해하는 것을,

바람이 모래 위에 써놓은 것을.

병든 밤

Kranken-Nacht

언젠가 사랑으로 들여다보았던 두 눈,
언젠가 젊은이로서 존경해마지 않았던 이름들,
한때 나의 꿈들을 먹여주었던 노래들,
다정한 제신諸神들이 보내주었던 상들 따위,
오래오래 생각지 않았던 것들이,
이제 나를 찾아준다, 병든 이 사내를,
광휘에 번쩍이며 잠들지 못하는 밤에,
가늠할 길 없이 나를 주시한다,
별처럼 영원히 변함없이 깜박이며,
내 침상 주위에 서서 젊게 미소를 짓는다,
영혼의 자궁 속에서 오래 보양되어,
추억의 강물에 밀려 일렁이며.

내 경험했던 바, 모든 은총들,

사랑의 시간들, 영적으로 충만했던 시간들은,

보존되고 헤아려져 형체가 되어

인생을 관류하며 신의 자취를 나에게 가리켜준다.

서서히, 그처럼 광휘를 뿜으며 고백한 이후,

저들은 원무圓舞를 추는 무용수들처럼 움직였다,

발들을 치켜든다, 유쾌한 침묵 속에 걸음을 걷는다,

다시 한 번 커다랗게 쳐다본다, 그리고 사라져간다,

깊은 정적과 공허를 남겨둔다,[*]

마치 다른 어디에도 더 이상 삶과 호흡이 없다는 듯이.

머뭇머뭇 노년과 일상이 되돌아왔다,

---

[*] 시인은 이 모든 동사들을 과거형으로 쓰고 있으나 춤사위의 동작을 현실감 있게 표현하기 위해
역자 자의로 현재형으로 번역하였음 병기한다.

시계소리 다시 또닥였고 맥박이 뛰었다, 통증이
충직하게 온 지체에 되돌아왔다,
오래전부터 익숙해진 나의 밤의 동반자들이.
여전히 오래오래 나는 저들 커다란 형체들을 응시한다
허공 속으로, 형상 없는 어둠속으로.
두 눈은 여전히 반짝임과 깜빡임으로 가득하고,
기진하여 이제 그 두 눈을 감는다, 손들을 포개보려 애써본다.

가을 비

Regen im Herbst

오오 비여, 가을비여,

회색 너울 펼쳐진 산들이여

탈진해 떨어지는 철늦은 이파리 달린 나무들이여!

덧문 닫힌 창문 틈새로

병든 한 해가 이별이 무거워 내다본다.

오슬오슬 떨며 물방울 뚝뚝 떨어지는 외투를 입고

너 밖으로 나온다. 숲 기슭에는

퇴색한 낙엽무더기 밖으로 비틀대며

두꺼비와 도롱뇽이 취한 채 기어 나온다,

길 아래쪽으론 그치지 않고

물이 좔좔 흐르며 소용돌이친다.

무화과나무 곁 풀밭에서 멎었다간

참을성 많은 늪 속에서 머물러 선다,

골짜기 교회 종탑에서는

머뭇머뭇 지친 종소리가
매장하고 있는 마을의
어떤 이를 위해 방울방울 떨어진다.

너 그러나 슬퍼하라, 사랑하는 이여
매장된 이웃에 대해서가 아니라
여름의 행복을 향해서가 더 이상 아니라
청춘의 축제들에 대해서도 아니다!
모든 건 경건한 추억 속에 지속되고
언어 속에, 상像 속에, 노래 속에, 보존되어 머물고 있다,
새로 지은, 보다 우아한 옷을 입고
영원히 회귀의 향연에 대비를 마치고 있다.
너 보존하는 걸 도우라, 변화하는 걸,
네 가슴에선 보다 경건한
환희의 꽃이 만개하리라,

늦가을의 나그네

Wanderer im Spätherbst

헐벗은 수림의 얽히고설킨 가지 사이로
잿빛 대기에서 하얗게 첫눈이 내린다
내리고 또 내린다. 세상이 어이 이리 적막한가!
살랑거리는 이파리도 없고, 가지엔 새 한 마리 없다
오직 흰색과 잿빛과 정적 정적뿐.

나그네 또한, 녹색의 영롱한 달 또한 류트를 켜며
노래 부르며 두루두루 방랑하였다,
이제 말을 잃고 기쁨은 곤히 지쳐버렸다,
방랑에 지치고 노래에 지쳐버렸다
나그네는 진저리를 친다, 서늘한 잿빛 허공중에서
잠이 그를 향해 불어온다, 살며시 가라앉는다
그리고 눈도 가라앉는다. ...

아득히 먼 봄에서 여전히 말을 걸어온다

다 시들어 사위어진 여름의 행복에 대한 추억이

창백하게 흩날려가는 영상과 함께,

벚꽃나무 꽃잎들이 너울을 창공으로 펼친다,

화사한 눈부신 파랑색으로 −

여리디여린 나비날개의 경련이 풀줄기에 매달려 있다

갈색과 황금빛의 어린 나비 한 마리 −

희미한 습기 찬 여름 숲의 밤 밖으로

그리움에 사무쳐 오래오래 우짖는 새소리. ...

나그네 이들 사랑스런 상들을 향해 고갯짓을 한다

얼마나 아름다웠던가! 예전 언젠가 존재했던 것에서

아직 많은 것들이 여전히 팔락이며, 반짝이며 꺼져간다.

사랑의 눈길로 본 어둑한 감미로운 정경이여 −

밤의 소나기, 번갯불과 폭풍우가 갈대 속을 헤집는다 −

낯선 저녁의 창가에서 들려오는 피리소리 −

새벽 숲속에 요란한 어치의 울부짖는 소리. ...

눈이 내리고 또 내린다. 나그네는
새의 우짖는 소리와 피리 소리를 향해 귀를 모은다,
언젠가 울렸던, 가슴 뛰게 했던 소리들.
오 아름다운 세상이여! 어찌 이리 적막한가!
들을 수 없어 나그네 보드라운 하얀색을 지나간다
고향을 향해, 오래 잊었던
이제 돌아오라고 부드럽게 부르는 고향으로,
골짜기로, 엘를렌바하로
시장터로, 옛 부모님의 집으로,
그 뒤에서 어머님 아버님 안식을 취하시는
담장이 넝쿨 뒤덮인 벽으로.

살랑거리는 이파리 하나 없고, 가지엔 새 한 마리 없는 곳. ...

노인과 그의 손

Der alte Mann und seine Hände

긴긴 밤의 길이를 노인은

질질 간신히 끌고 간다,

기다리다, 귀 기울이다 깨어난다,

그의 앞 이불 위엔 두 손이

왼손과 오른 손이 놓여있다,

뻣뻣하고 나무토막 같은, 지친 하인이다,

그는 나직이

웃는다, 손들을 깨우지 않으려.

대부분 다른 것보다 싫증내지 않으면서

일을 해왔다,

아직 탱탱했을 땐.

많은 것이 이루어질 것이었다,

그러나 순종적인 동반자들은

쉬고자 하였고 흙이 되고자 하였다.

하인 노릇을 하기에

그들은 지쳤고 오그라들었다.

조용히, 손들을 깨우지 않으려

주인은 그들을 보며 웃는다.

긴긴 인생의 궤도가

이제 짤막하게 여겨지지만, 한 밤의

길이는 길기만 하다. ... 이제 어린아이들의 손,

소년들의 손, 어른들의 손들이

저녁에 저 자신을 바라본다, 최후의 날엔

그렇게 자신을 바라보겠지.

태곳적 석불상石佛像

일본 어느 깊은 산중에서 풍상에 깎이며

Uralte Buddha-Figur In einer japanischen Waldschlucht verwitternd

부드럽게 사위고 여위어있다, 오랜 비

오랜 서리의 희생물이여, 이끼에 덮여 녹색인 채

그대의 온화한 뺨, 커다란 내리깐 눈시울이

고요히 목표를 향해 가고 있다,

기꺼이 내맡긴 해체解體를 향해, 스러짐을 향해

온 우주 속 형상 없는 무한이여,

풍상에 여전히 사위어 갉혀진 자태는

그대 제왕의 고귀한 사명을 선포한다.

그러나 이미 그 습기와, 수렁과 흙 속에서

그 형상 짓기를 진작 마치고 그 의미의 완성을 찾고 있다.

그리고 내일엔 뿌리가 되어 이파리들이 살랑대리라,

티 없는 하늘의 청명함을 반사하기 위해 물이 되리라,

넝쿨을 향해, 수초水草를 향해, 양치덤불을 향해 졸졸 흐르리라,

영원한 합일 속 모든 변화의 상像이여.

지친 저녁

Müder Abend

저녁바람의 쏴쏴 노랫소리가
나뭇잎 속에서 목이 졸려 꺼이꺼이 비탄을 한다.
무거운 물방울이 한 방울 한 방울씩
먼지 속으로 떨어진다.

썩어 물러진 담벼락에선
이끼와 곰팡이가 우글우글 솟아나오고,
늙은이들은 구부정하니
말없이 문지방위로 기어오른다.

굽은 두 손은 묵묵히
뻣뻣한 무릎위에 무겁게 얹혀
자신에게 휴식과
시들음을 마련한다.

교회 뒤뜰 공동묘지 위에론 까마귀 떼가
무겁게 커다랗게 날갯짓을 한다.
자그마한 평평한 언덕들* 위에는
양치와 이끼가 무성하다.

* 무덤들을 가리킨다.

선방禪房의 어린 동자승

Junger Novize im Zenkloster

I

내 부모님의 집은 남쪽나라에 있지,
해님이 포근히 데워주고 바다공기가 나부끼는 곳.
많은 밤을 고향집 꿈을 꾸면서
종종 눈물에 젖어 깨어나곤 했다.

내 또래들은 벌써 알아차렸다,
나 잘 있느냐고? 저들의 조롱 때문에 겁이 난다,
노스님들은 짐승처럼 거칠게 포효하시니,
나 혼자만, 위왕이여, 깨어나 오들오들 떨고 있다.

언젠가, 언젠가 내 지팡이를 가지고,
짚신 몇 켤레 엮어 매달고, 길을 떠났지,
수천 리를 되돌아갔다,
고향집으로, 떠났던 행복에로.

그러나 주지스님의 호랑이 눈길이
나를 꿰뚫어 보시자, 내 운명을 깨달았다,
온 몸뚱이에 불길을 얼음을 느꼈다,
덜덜 떨곤, 수치심에 머물고 있다, 머물고 있다.

II
모든 게 기만이고 망상일지라도
진리란 항상 말로 표현할 수 없는 것일지라도
그럼에도 산이 나를 응시한다
각진 능선을 정확히 알아볼 수 있게.

사슴과 까마귀, 빨간 장미꽃,
바다의 푸르름과 영롱한 세상을.
집중하라 ─ 그렇찮으면 무너지리라
형체 없는 것에로 이름 없는 것에로.

집중하라 침잠하라,

관조를 배워라, 독경讀經을 배워라!

집중하라 ─ 세상이 빛이 되리라,

집중하라 ─ 빛이 본질이 되리라.

천 년 전 언젠가

Einst vor tausend Jahren

안절부절 역마살이 다시 끼었나,
자달하게 으깨져버린 꿈에서 깨어나
그 노래의 멜로디가 소곤대는 걸 듣는다
한 밤중 나의 대나무 소리를.

실컷 쉬고 실컷 뒹굴고 나니
나의 옛 궤도 밖으로 나를 낚아채
곤두박질로, 훨훨 날아 갈
무한에로 갈 여로만이 열려있다.

언제가 천 년 전엔
고향이 있었지, 하나의 정원이,
그곳 새들의 무덤인 화단 속에
쌓인 눈을 비집고 크로커스들이 내다보았지.

나를 경계 짓는 마력에서
새의 비상을 위해 널따란 날개를 펼치고 싶다,
그 황금빛 나를 향해 오늘도 여전히 반짝이는
저 위 저 위로 그 옛 시절로.

작은 노래 한곡

Kleiner Gesang

무지개의 시詩여,
죽어가는 빛으로 이루어진 마법이여,
음악처럼 흘러내린 황홀감이여,
마돈나의 얼굴 속에 어린 비통이여,
현존의 쓰디쓴 희열이여 ...

폭우 속에서 일궈진 꽃이여,
묘지위에 얹혀 있는 화환들이여,
지속 없는 유쾌함이여
암흑 속으로 떨어진 별이여,
세상의 절벽 위로 드리워진
아름다움과 비애의 너울이여.

꺾인 가지의 신음소리*

Knarren eines geknickten Astes

조각조각 꺾인 가지 하나가,

해가 가고 또 가도 매달린 채,

바싹 말라 바람 속에 제 노래를 꺼이꺼이 부른다,

이파리도, 껍질도 없이,

벌거숭이인 채, 황량하다,

하도 질긴 목숨이 지겨워, 하도 오랜 죽음이 지겨워.

그 가지의 노래는 강인하게 힘차게 울린다,

오만하게, 허나 남몰래 불안하게 울리겠지

다시 올 한 여름 내내,

한 겨울 내내 여전히.

---

* 산책 중에 가지를 꺾으려다 꺾지 못하고 돌아와 쓴 시이다. 이 시를 쓴 후 그날밤 뇌졸중으로 사망하다.

Nachlese
遺稿집에서

나의 묘비명

Mein Grablied

나의 묘비명은 유쾌한 음향이기를 바란다,
한 마리 작은 새의 즐거운 노래이기를,
봄의 명랑한 노래이기를,
밝은 아침 햇빛 속에.

십자가로 나의 안식을 표시하는 일 없기를,
죽은 영광의 말로 새겨진 어떤 묘석도 없기를,
한 줄기 눈물로 나를 덮어다오
그리고 화관 하나 나에게 바쳐다오.

나의 이름은 그 주인과 함께 죽어갈 터이니
나의 노래들만이 여운을 내겠지,
그 노래들이 멀리로 가까이로 울렸으면 한다,
숲속으로 골짜기로 평야로, 그리고 초원으로 개울물 속으로..
만약 단 하나의 젊은 가슴이라도
그 노래를 사랑의 고통 속에서 봄의 기쁨 속에서
이해하고 노래하며 존중해준다면,
그렇다면 나의 마지막 소원은 충족되는 것이리라.

시인의 노래

Dichterlied

그건 젊은이의 권리요 기백이다,

우리는 이전 모든 사람과는

다른 목재에서 깎여 새겨졌다

운좋게 사랑스런 삶을 부여 받아

날이고 달이고 해고 세월 따윈 헤아리지 않는다.

우린 실로 손안 가득한 것을 내버렸다,

황금빛 젊음을,

일찌감치 기만당한 안간힘이

웃으며 제 망상을 단념 하자마자

오히려 더 무모하게 두 번째 사랑에 빠졌다.

다만 때때로 나 그에 대해 곰곰 생각해 보아야만 하리라

어떻게, 날이며 해며 세월이 흘러가는가,

손안 가득한 혈기와 힘이 빠져 나가는가,

간신히 제 일상의 과제를 해내는가?

어떻게, 너의 사랑의 꺼질 줄 모르는 열기가
언젠가 기진맥진하여
가련한 불꽃으로 깜빡이며 쉬고 있는가,
네 입술의 붉은 색깔이 바래버린다면?
그러면 일상의 굴레 밖으로
그리움이 강렬한 비상의 날갯짓으로
너를 푸른 섬에로 날라다 줄까나,
꿈의 분수가 솟아오르는 곳,
그리움의 영상인 너의 심장이
흠모하며 모든 고난을 잊어버리는 곳으로 –
나의 고향, 저 고장으로?

오 고향이여, 고향그리움이여! 나에게
일상의 굴레와 정렬을 뚫고
내 예술의 불꽃을 구원할 힘을 주소서!

뜨겁게 당신의 기적을 확신하는

내 고뇌에 찬 무거운 머리가

마침내 당신의 품안에 제 자리를 펴게 하소서.

그리고 나에게 힘을 주소서, 내 생애 내내,

투쟁과 승리와 침몰을 통해

그리움에다 심연들과 위험을 넘어

제 태양빛 붉은 그리운 고향땅을

또 다시 최후의 눈길로 펼치는

독수리의 기백을 부여할 힘을 주소서.

고통과 과실과 근심을 통해

밝은 아침에로 이르는 시인의 눈길을 주소서,

내 사랑이 고독하게, 멀리까지, 미래의 것에 이르는

모든 것을 포용하게 하소서.

파티

Soiree

무슨 영문이지 몰라도
나는 저녁 파티에 초대를 받았다.
가느다란 종아리의 많은 신사 분들이
홀 여기저기에 서있었다.

그들은 유명 인사였고
명성이 자자한 분들이었다,
그들에 관해 어떤 이는 드라마를,
어떤 이는 소설을 창작하기도 했다.

요령 좋게 행동하며
목청도 요란스러웠다.
나 역시 시인이라고 말하는 게
정말 창피스러웠다.

이별

Abschied

저 아래 기차가 기적을 울리며 녹색의 고장을 달려간다,
내일엔, 내일엔, 나도 떠나리라!
마지막 꽃들을 꺾는 손이 빗나간다,
꽃들은 시들어간다, 이미 나 떠나기도 전에.

이별을 고한다는 건 쓰디쓴 잡초,
내가 사랑했던 매 얼룩진 흠집마다 자라난다
나를 위해 발붙일 곳 하나 구축하지 못하였다
고향이 되고 고향의 평온을 마련해 준 곳.

내 자신 안에 고향이 분명 있겠지,
다른 모든 건 빨리도 시들어 스러지니
내 모든 사랑을 쏟아 부었던
다른 것들은 나를 곧 바로 외롭게 한다,

내 본성 깊숙이 한 알 씨앗을 품고 있다,

씨앗은 매일 매일 조용히 자라나리라

이윽고 무르익으면 난 집에만 온전히 머물리라,

그리고 영원한 시계추도 쉬리라.

스케치북

Skizzenblatt

메마른 갈대 속에 가을바람 차겁게 부스럭대고,
갈대는 저녁 무렵엔 늙어 회백색이 된다,
까마귀들이 버드나무에서 퍼드덕거리며 육지 쪽으로 날아간다.

강가에는 한 늙은 사내가 혼자서 쉬고 있다,
머리칼에 스치는 바람을 느낀다, 밤을, 머지않아 내릴 눈을,
그늘진 강기슭에서 불빛 속으로 건네다 본다,
구름과 호수사이에 아스라이 먼 해안의
모래사장이 아직 따스하니 불빛 속에 깜박이고 있는 곳,
황금빛 피안彼岸이여, 꿈처럼 시詩처럼 황홀하구나.

눈 속에 단단히 그는 그 깜빡이는 영상을 붙잡는다,
고향을 생각한다, 좋았던 시절을 생각한다,
황금빛이 바래가는 걸 본다, 꺼져가는 걸,
뒤로 돌아서서 걸어간다
느릿느릿 버드나무에서 육지 쪽으로.

저녁의 트로이메라이 (몽상)

Träumerei am Abend

예전엔 그리도 즐거이 두근대던
지금은 불안한 기진한 심장이여,
젊은 시절을 향해 가는 길을 잃고
유희遊戲에 진력이 났느냐.

눈부신 어두움에서는
상像들이 헤아릴 수 없이 솟아나오고,
오래 꺼져있던 태양빛이
그 상들을 황금빛 속으로 깊숙이 가라앉힌다.

우리 언젠가 알고 있던 세상이
밝고 아스라이 반짝인다.
드높은 유년시절 별의 지붕이,
유년시절의 고향땅이.

우리 온화한 몽상가들은
어두움 속에 여전히 머물러 서선,
빛 속으로 진입하기를 갈망한다,
스스로 빛이 되기를.

어느 老 문학가의 초상화

Bildnis eines zu alt gewordenen Literaten

우리는 여전히 그를 다소 유약한 대석臺石 위에 솟아오른

최후의 기둥이라 여기고 있다.

그는 여전히 많은 부엉이들을

안전하게 아테네로 날라 갈 수 있다.*

비록 그가 관절염에다 경련으로 고생하고 있지만

여위어가고 오그라들고 있지만,

그래도 그에겐 항상 궤언詭言들이

대여섯씩 떠오르곤 한다.

그는 언제고 새삼스레 스스로 기이하게 여긴다

어린이의 놀이에서 노쇠한 자신의 기쁨을 찾는 양을.

그리고 19세기를 향해 바라본다,

마치 낙원을 되돌아보듯이.

---

* 고대 희랍에서 아테네시의 수호신인 '아테네 여신의 부엉이'는 지혜와 학문의 상징으로 여겨졌다.
부엉이는 당시 방패와 동전에 새겨져 있기도 하여 "부엉이들을 아테네로 날라 간다"는
격언은 "이미 많이 있는 곳에 넘치게 가져간다"는 의미로, 지나침을 가리키는 말로 여겨졌다.

헤르만 헤세의 전기

1877년	7월 2일, 남독일의 도시 카르프에서 태어남, 아버지는 에스토니아 태생의 선교사로 카르프 신교전도출판협회의 지도자. 어머니는 유명한 선교사이며 인도학자인 헤르만 군데르트의 딸로 인도 태생. 헤세의 아버지와는 재혼. 헤세에게는 두살 위의 누나, 세살아래의 누이동생, 다섯 살 아래의 남동생과, 어머니쪽의 아이젠버그 성을 가진 두 사람의 이복 형이 있었다.
1889년(12세)	2월, 바이올린을 배움. 12월, 처음으로 시를 썼음.
1890년(13세)	2월, 주(州)시험을 치르기 위해 라틴어 학교에 입학. 이 무렵부터 시인 이외엔 달리 되고 싶지 않다고 생각.
1891년(14세)	7월, 주시험에 합격. 9월, 마울브론 신학교에 입학. 기숙사 생활 시작함.
1892년(15세)	2월, 신학교를 탈주. 5월, 신학교 퇴학. 6월 자살 기도하고 미수로 끝남. 정신요양소에 들어감. 11월, 칸슈타트의 고등학교에 입학.
1893년(16세)	10월, 고등학교를 퇴학. 에스링엔의 서점에서 견습원으로 일하지만 3일 만에 그만둠. 아버지의 신교전도출판 일을 도와줌.

1894년(17세)   6월, 시계공장의 견습공이 됨(다음 해 9월까지).

할아버지의 장서를 탐독.

1895년(18세)   10월, 튀빙엔에서 서점의 견습원이 됨.

산문을 쓰기 시작함.

1898년(21세)   10월, 견습을 끝내고 서점원이 됨.

시집『낭만의 노래』를 자비 출판.

1899년(22세)   6월,『자정 뒤에 한 시간』간행.

9월, 바젤의 라이히 서점으로 옮김.

1900년(23세)   1월, 서평이 신문에 실림.

이 무렵『얼음 위에서』집필.

12월,『헤르만 라우셔』간행.

1901년(24세)   3월~5월, 이탈리아 여행. 11월『시집』간행.

1902년(25세)   4월, 어머니 마리 사망.

이 해에 바젤의 목사 딸 엘리자베스를 사랑함.

1903년(26세)   4월, 문필로 입신할 결심을 하고 서점 퇴직.

이탈리아 여행. 5월, 아버지의 반대를 무릅쓰고

9세 연상인 피아니스트, 마리아 베르눌리와 약혼.

1904년(27세)   2월,『페터 카멘친트』간행.

호평을 받고 일약 신진작가가 됨.

4월, 평전『보카치오』『앗시시의 성 프란체스코』간행.

8월, 마리아 베르눌리와 결혼.

가이엔호펜의 농가를 빌려 살며, 문필활동에 전념.

가을에 빈 시의 바우에른펠트상 수상.

1905년(28세)　10월, 『수레바퀴 아래서』 간행.

12월 장남 브루노 탄생. 이 해에 『추억』 집필.

1906년(29세)　여름에 이탈리아 여행. 10월, 잡지 『메르쯔(3월)』 간행(1912년 까지). 이 해에 『어느 소년의 편지』 (내가 16살이 되었을 때), 『연애』 집필.

1907년(30세)　봄에 가이엔호펜에 집을 신축.

4월, 단편집 『피안』 간행. 정원 일에 열중함.

이 해에 『사랑의 희생』 발표.

『그 여름의 저녁』 집필.

1908년(31세)　10월, 단편집 『이웃사람』 간행.

이 해에 『인생의 권태』 발표.

1909년(32세)　3월, 차남 한스 하이너 탄생.

11월, 자작낭독여행. 작가 W. 라베 방문.

이 해에 『한스 디어람의 수업시대』 발표.

1910년(33세)　가을에 『게르트루트』 간행.

1911년(34세)　9월, 3남 마르틴 탄생.

7월, 시집 『도상(途上)』 간행.

9월~12월, 화가 한스 슈토르쯔엔엣가와 아시아 (말레이시아, 스마트라)여행.

1912년(35세)　9월, 스위스 베른 교외로 이사(이후 평생 스위스에서 살게 됨)

1913년(36세)　봄, 기행문 『인도에서』 간행.

3~4월, 이탈리아 여행. 이 해에 『광풍』 발표.

1914년(37세) 3월, 『로스할데』 간행. 7월, 제1차 세계대전 발발.

8월, 징병검사를 받지만 불합격.

11월, 뉴취리히신문에 논설 '오, 친구들이여,

제발 그렇지 않은 어조로' 게재하여, 커다란 반향을 불러 일으킴.

연말에 시집 『고독한 자의 음악』 간행.

1915년(38세) 7월, 『크눌프』 간행. 여름, 전쟁포로 원조의

협력 시작함. 8월, 로맹 롤랑 내방.

그후 평생 친교 맺음.

10월, 뉴취리히신문에 '다시 독일에서'를 게재.

헤세는 이 평화주의 때문에 '매국노',

'병역기피자' 등으로 비난을 받고,

독일의 신문·잡지로부터 보이콧 당함.

1916년(39세) 1월, 『독일포로신문 일요판』 『독일억류자 신문』의 편집에 종사.

다시 징병검사 불합격.

3월, 부친 사망. 아내의 정신병 악화.

3남 발병 입원. 4~5월, 과로·마음 고생으로

노이로제가 증폭되어 정신과의 정신분석을 받음.

수채화를 그리기 시작.

1917년(40세) 12월, 『독일인 전쟁포로를 위한 문고』 설립.

1919년까지 22권 출판.

1918년(41세) 『수채화가 있는 시집』을 제작 판매하여

전쟁포로 위문자금을 만듦.

이해에 『마르틴의 일기에서』

(사랑할 수 있는 사람은 행복하다) 집필.

1919년(42세) 1월, 『짜라투우스트라의 재래』를 익명으로 간행.

4월, 전쟁포로 원조의 일 끝냄.

5월, 가족과 헤어져 혼자 몽따뇰라로 이주하여,

국적도 스위스로 옮겨 재출발을 시도.

수채화에 열중함. 6월, 『데미안』을 에밀 싱클레어

라는 필명으로 간행(폰타네상을 수상하지만,

다음해 자작인 것을 공표하고 상을 반환함).

『작은 정원』『체험과 시작』『동화집』간행.

7월, 가수 루트 뱅어를 알게됨.

10월, 잡지 『비보스 보코』간행.

1920년(43세) 1월, 바젤에서 최초의 수채화 개인전.

2월, 테신 주의 정주허가증 취득.

5월 『클링소어의 마지막 여름』간행.

10월, 화문집 『도보여행』시화집 『화가의 시』

간행. 11월, 로맹 롤랑 내방.

12월, 후고 발 부부와 친교를 깊게함.

1921년(44세) 2월과 5월, C·G·융에게서 정신분석을 받음.

6~7월, 루트 뱅어 집을 방문.

그녀의 아버지가 루트와의 결혼을 강요함.

8월, 아내와 이혼에 대해 얘기함.

1922년(45세)　1월, 빈타토우아에서 에밀 노르데와

수채화 전시회. 5월, T.S.엘리옷 내방.

9월, 『픽토르의 변신』 집필.

10월, 『싯다르타』 간행.

1923년(46세)　7월, 부인 마리아와 이혼.

9월, 취리히 근교의 바덴 온천에서

좌골신경통 치료.

그 이후 온천치료가 매년의 행사처럼 됨.

1924년(47세)　1월, 루트 뱅어와 결혼,

11월, 베른 주 시민권 취득.

1925년(48세)　봄에 『온천요양객』 간행.

11월, 독일에 자작시 낭독여행.

같은 해 『카사노바』 집필.

1926년(49세)　1월, 정신분석 재개.

2월, 수필집 『그림책』 간행.

니논 아우스렌다와 친교를 깊게함.

11월, 프로이센 예술아카데미 회원으로 선출됨.

1927년(50세)　1월, 아내 루트가 이혼을 원함.

4월, 『뉘른베르크의 여행』 간행.

5월, 루트와 이혼. 6월, 『황야의 늑대』 간행.

7월, 50세 생일을 기념하여 후고 발의 『헤세평전』 간행.

여름에 니논 아우스렌더와 만남.

1928년(51세) 3월, 니논과 독일여행. 4월, 시집 『위기』 간행.

여름에 수필집 『관찰』 간행.

1929년(52세) 1월, 시집 『밤의 위로』 간행.

여름에 독서 안내 『세계문학도서관』 간행.

1930년(53세) 7월, 『나르찌스와 골드문트』 간행.

11월, 프로이센 예술아카데미 탈퇴.

1931년(54세) 여름에 소설집 『내면에의 길』 간행.

7~8월, '카사 카뭇추이'에서 친구가 지어준

'헤세 저택'으로 옮김. 평생 이 집에 살게됨.

11월, 니논 아우스렌더와 결혼(니논은 평생의 반려자가 됨).

1933년(56세) 1월, 나치스가 제1당이 되고 히틀러가

정권을 장악. 3월, 브레히트 내방.

토마스 만을 이따금 내방. 로맹 롤랑 내방.

1935년(58세) 2월, 『우화집』 간행. 한스 카롯사 내방.

11월, 동생 요하네스(한스) 자살.

1936년(59세) 3월, 고트프리트 켈러상 수상.

9월, 목가 『정원에서의 한때』 간행.

1937년(60세) 2월, 『신시집』 간행. 6월, 회상문학 『추억』 간행.

1938년(61세) 이 해 스위스에서 망명자를 위해 진력함.

1939년(62세) 2차 세계대전 발발.

헤세는 도피작가가 되어 독일에서 작품 유통 중단.

1943년(66세)	11월, 최후의 대작 『유리알 유희』 스위스에서 간행.
1945년(68세)	종전. 자서전과 동화 『꿈의 흔적』 간행.
	가을에 시집 『꽃피는 가지』 간행.
1946년(69세)	8월, 괴테상 수상. 9월, 노벨문학상 수상.
	12월, 『전쟁과 평화』 간행.
1947년(70세)	7월, 태어난 도시 칼프의 명예시민이 됨.
	베를린 대학에서 명예박사학위 받음.
1949년(72세)	누나 아데레 사망. 『테신의 수채화』 간행.
	회상집 『겔바스아우』 간행.
1950년(73세)	6월, 주어캄프 내방. 헤세는 새 출판사 주어캄프사
	설립에 협력을 약속.
	7월, 엔가데인의 시루스 마리아에 채류.
	이 땅이 마음에 들어 이후 매년 여름에 채류함.
	빌헬름 라베상 수상.
1951년(74세)	3월, 『만년의 산문집』 『서간선집』 주어캄프에서 출간.
1952년(75세)	5월, 75세 생일을 기념하여 6권의 『전 작품집』이 간행됨.
	7월, 75세 생일 축하 모임이 독일,
	스위스 각지에서 열림. 이때의 축사와 강연이
	『헤세에의 감사』로서 간행됨.
	가을에 『두 개의 목가』 간행.
1954년(77세)	4월, 서독 평화공로상 수상.
	5월, 『헤세 –로맹 롤랑 왕래서간집』 간행.

1955년(78세) 10월, 회고록『과거를 불러내다』간행.

독일 출판협회 '평화상' 수상.

1957년(80세) 5~10월, 쉴러국립박물관에서 헤세전 개최.

7월, 80세를 기념하여『전작품집』에 제7권이 보충

간행되어『전집』완간.

1961년(84세) 네번째의 시선집『단계』간행.

12월, 인플루엔자에 걸림.

백혈병이 위험한 상태가 되지만 회복됨.

1962년(85세) 7월, 몽타뇰라의 명예시민이 됨.

85세의 생일에 많은 선물과 9백 통이 넘는 축복의 편지를 받음.

8월 8일 밤, 침대에서 모차르트의 피아노 소나타를 들음.

9일 아침, 자택에서 잠자는 중에 뇌졸중으로 사망. 11일,

몽타뇰라의 아쯔본디오 교회의 묘지에 매장됨.

옮기고 나서

젊은 날 한때 헤세에 몰입해 열병을 앓은 적이 있다. 하긴 누군들 아니었으랴.

그의 소설 속에 그려지는 작가 개인의 성장, 성숙과 함께 오는 심리적 갈등과 역사적 사회적 사건 사이의 섬세하게 조율된 상호작용이 조성하는 위기의식을 성장통처럼 앓으며, 장래에 대한 막연한 불안과 안정되지 못한 현실 속에서 방향을 잃고 방황하던 당시세대에 "내면으로의 길", "자신으로의 길"을 제시해 주는 헤세는 시대의 현자이고 큰 스승으로 여겨졌다. 헤세 작품의 주인공들이 굴곡이 심한, 그러나 결국 한결 같이 자신의 자아를 찾아가는 내적 순례는 산업화된 사회에서 고도로 고양된 감성적 정신적 정화에로 다다를 길이기도 하였다. 거기에 나 자신도 동참하는 듯한 착각 속에 한동안 빠져있다 현실로 되돌아오면 나 자신이 한 없이 왜소해 보이는 것이었다. 분단된 나라, 세계 최빈국이 라는 여건 속에서 그 세대는 아직도 여전히 정신적 가치가 물질에 앞선다는 확고한 신념하에 살고 있었다. 고도의 지적, 순수의 경지에 이르리라는 착각의 열병을 앓고 난 후 심신이 녹초가 되는 건 극히 자연스러운 일이었다.

착각과 몽상이 허용되던 사춘기 청년기를 벗어나며 그러나 멀기만 한 감성적 정신적 순화의 길은 부차적인 가치 체계에 속하는 것이었다. 보다 쉽게 요령 좋게 살아가는 방식에 곁눈질을 하게 되었고, 졸업이 다가왔고 진로문제가 가장 다급한 문제가 되었다. 이렇게 헤세는 서서히 어느새 관심 밖으로 멀어져 "과거"가 되어 있었다.

젊은 날 그처럼 색다른 흔적을 남겼으면서 잊다시피 살고 있던 나에게 헤세는 이번엔 "시를 들고" 선물처럼, 아니 선물로 주어졌다. 이제 삶을 서서히 정리해야 할 나이에 ...

몇 해 전 한 선배님으로부터 예쁘장하게 꾸며 엮은 헤세의 시 30여 편이 수록된 시 선집을 받은 적이 있었다. 대충 훑어 봤을 뿐 정독은 않은 채로 책상 한 쪽에 놓여 있었다. 어느 날 마침 FM 방송을 통해 헤세의 가곡, 〈마지막 네곡

Vier Letzte Lieder〉중「잠자리에 들며 Beim Schlafenge-
hen」가 흘러나오고 있었다. 리하르트 슈트라우스 Richard
Strauss (1864-1849)가 만년에 작곡한 천상(天上) 같은 가곡이
었다. 시집을 집어 들었다. 편집인이 정선한 작품들이어서
였는지 헤세의 시를 전혀 모르다시피 했던 나에게 시들은
정말 좋아 보였다. 그 중 아이헨도르프 Joseph von Eichen-
dorff(1788-1856)의 시를 포함한 네 시를 비롯해 몇 편을 우
리말로 옮겨 가까운 지인들에게 이따금 보내보았다. 이렇게
나는 예의 선물을 음미하기 시작하였고 시 전집도 구해 이
제 본격적으로 정독을 시도할 무렵, 졸지에 크게 앓게 되는
일이 있었다. 이제 만 일 년이 넘어가고 있다.

　　퇴원 후 긴 회복기 중에 통증과 우울증으로부터 헤어나
려면 어떤 생산적인 몰입이 필요하였다. 마침 구입해 두었
던 헤세의 시 전집을 정독하기로 하였다. 이렇게 헤세의 시
를 우리말로 옮기는 작업이 시작되었던 것이다. 시들은 아
름다웠다!

　　헤세는 19세기 말, 20세기 초 시인으로 등단하여 그 생
의 마지막 날(1962. 8. 9.)까지 손질하고 있던 작품도 서정

시였으니 「꺾인 가지의 신음소리 Knarren eines geknickten Astes」 실로 60여 년의 문학적 삶을, 그가 바라던 대로, 서정시인 Lyriker으로서 마감 짓는다. 대략 1,400여 편의 시를 썼고 그 중 800여 편이 『낭만적 노래들 Romantische Lieder』(1899)이라는 첫 시집을 필두로 모두 15권의 시집에 수록되어 출판되었다. 헤세가 30세가 되던 해에 쓴 한 문학적 묘비명은, "여기에 서정시인 H.가 안식을 취하고 있다"고 시작된다고 한다. 그 자신 "서정시인"으로 인정받고 명성을 얻기를 진정 원했던 그의 내심이 적나라하게 드러나는 일화이다. 자신의 산문작품이 대중적 인기를 누리고 있는 사실을 의식하며 그는 잡지 Symplizismus의 편집인인 라인홀트 게에프 Reinhold Geheeb에게 1909년 이렇게 내심을 드러낸 적도 있다. "자네가 내 시를 좋아해 주어 참으로 고마우이. 내게도 시들은 가장 소중한 것이라네. … 어리석은 대중들은 내 소설들에 더 열광하지만 내게는 훌륭한 시 한 편 한 편이 각기 세 편의 소설보다 더 소중하다네."

서정시 특성상 대중의 인기를 누리기는 어느 시대나 마찬가지로 흔한 현상은 아니었을 것이다. 그러나 헤세에게 있어 대중이 기대하는 척도와 헤세 자신의 창작욕구 사이에는 항상 대립관계가 조성되어 있었던 게 사실이었다. "시는 자신을 위해 쓰지만 소설은 생활을 위해 쓴다"는 씁쓸한 고백은 서정시 쓰기에 대한 그의 열정을 보여주고 있는 한편, 독자의 관심은 별로 끌지 못하고 있는 실상을 파악하고 있는 작가의 씁쓸한 뒷모습을 보는 듯하다. 장편소설들 Romanen은 "대중을 위해 쓰지만 시는 대중을 전혀 의식하지 않고 나 자신만을 위해 쓴다"고 이미 1902년 4월 어떤 지인에게 보낸 초기 서간문에 토로하고 있기도 하다. 헤세에게 있어 쓴다는 모든 것은, 특히 서정시의 경우 전적으로 개인적이고 사적인 것으로서, "고립화된 자아 속에서의 세계 반영(Spiegelung der Welt im vereinzelten Ich)이다." 시들은 그러므로 "세상을 향한 자아의 답변이고 비탄이며 극히 의식적으로 이루어진 고립과 고독을 통한 성찰이고 유희이다"고 같은 서간문에 자신의 소견을 밝히고 있다.

헤세의 시를 두고 이러쿵저러쿵 거론하는 건 헤세에게 대단히 "실례"되는 일일 듯하다. 그는 시작품의 해설이나 분석 따위를 혐오할 정도였으니까. 1930년 비인 대학교 Wien Universitaet에서 "서정시의 앞날"에 대한 전망을 묻는 설문에 답하길: "당신네 대학교 같은 데서 그 문제에 개

입하지 않으면 않을수록 서정시의 앞날은 더욱 더 끄떡없이 잘 되어갈 것이오"라고 답함으로써 대학교에서 시작품을 주제로 강의하거나 세미나 등으로 서정시를 다루는 데 대한 불편한 심기를 드러내고 있다. 1958년 어느 여대생과 한 생도의 질문에 보내는 답장에서는, "각개의 문학작품은 무엇보다 하나의 미학적 가치이며, 아름다움을 파악하고 인식하고자 하는 미학은 어떤 시도나 노력에도 불구하고 결코 학문은 아니다. 따라서 모종의 방법론을 동원하여 가르칠 수도, 배울 수도 없는 게 예술작품"이라고 시에 대한 학문적 접근에 대한 반대 입장을 분명히 하고 있다.

　실제로 시 몇 편을 번역하고 그걸 간단히 소개나 할 수 있을 뿐, 정독하기를 권할 수 있을 뿐 옮긴이가 더 이상 할 일은 실상 없을 것이다. 다시 헤세 자신의 말을 빌어 그의 서정시에 대한 정의를 들어봐도 서정시란 결코 해설이나 분석의 대상이 될 수 없음을 그 태생적 특성으로써 명시적으로 밝히고 있다. "서정시란 그 생성의 특성상 체험하는 영혼erlebende Seele의 폭발이며, 부름이고 절규이고 한숨이며, 몸짓이고 체험하는 자아를 지키는 영혼의 자발적인 반작용이고 광란이다. 인지된 제반 인상들을 고도의 기율紀律

을 갖춘 언어형식으로 정리하고 표현하는 것이 이때 가장 중요한 작업방식이다"라고 스스로 정의하고 있다. 또 다른 곳에서 헤세는 "한밤에 꾼 꿈에 대해 무슨 분석이 가능하고 평가가 가능할 것인가?" 라고 함으로써 서정시의 특성(꿈)이 결코 해설이나 분석의 대상이 될 수 없음을 확인하고 있다. 결국 헤세가 내리는 정의란 서정시의 강요되지 않은 자발적 생성과 그 표현에 있어서의 음악성임을 강조하고 있는 듯하다. 아닌 게 아니라, 헤세는 동시대 표현주의 작가들의 자유분방한 분위기 속에서 기존의 틀과 질서를 벗어나고자 안간힘 하던 세대의 한복판에서 이단적일 정도로 전통과 인습을 중요하게 여기며 서정시의 정형성을 고수하여 빈축을 사기도 하였다. 한 예로 베를린의 비평가 투촐스키 Kurt Tucholsky(1890-1935)는 1913년 헤세의 최근 시집의 출간에 즈음하여 이 답답한 시인의 시들을 가리켜, "그의 시들은 감동스럽도록 잘못된 시 rührend schlecht ..."라고 평했었지만 물론 나중에 진심으로 정중히 사과하는 일도 있었다. 한편 토마스 만 Th. Mann 같은 작가는 헤세의 엄격한 정형성을 갖춘 시들을 가리켜 1929년, "헤세의 마력적인 서정시들은 민속적인 낭만주의의 음향 속에 감성적인 현대성이라는 옷을 입힐 수 있는" 작업들이라고 극찬한 바 있고, 헤세 시의 "매혹적인 음악성"에 대해 로만 롤랑 Romain Rollands (1866-1944)은 1915년 헤세의 새로운 시집의 발간에 즈음하며 보낸 서간문에서: "선생께서는 제가 작곡가가 아닌 것을 기뻐해야 할 것입니다. 선생의 시행들 아래에다 악보를 그려 넣고 싶은 욕망에 저항할 수 없었을 테니까요. 선생께서 말씀하시는 모든 것은 단순하며 직접 가슴으로 와 닿고 있었습니다"라고 시의 민요를 연상시키는 단순성과 빼어난 음악성에 감탄하고 있다. 어쨌거나 헤세의 서정시들은 그 음악성으로 인해 더한 사랑을 받았으나 우리말로 옮기는 과정에 그 특성을 살릴 수 없어 유감스럽기 그지없다. 언어 양식이 다르고 그들이 운문에 적용하는 전통적인 정형성, 헤세뿐 아니라 서구 서정시 전반이 요구하는 운율韻律은 옮긴이로서는 겨우 이해하기나 할뿐, 그것을 우리말로 옮겨 살릴 수 없음을 유감스럽기도 하지만 한편 다행스럽다는 생각도 한다. 그러므로 역자로선 어휘의 선정과 화음, 거친 음을 피하는 등의 노력만 할 수 있을 뿐, 옮기는 작업 중에 어떤 한계성을 절감하지 않을 수 없다.

헤세의 시를 읽어가며 통증으로부터 서서히 헤어나며 그

치유의 힘을 만끽하면서 젊은 날의 헤세와는 참으로 다른, 아니면 진정한, 헤세를 발견하는 듯하였다. 이 생산적인 몰입의 희열 속에서 문득, "오늘날 무엇 때문에 서정시를 쓰는가, 읽는가? Wozu Lyrik heute?"라고 물었던 독일의 여류시인이며 역사학자인 힐데 도민 Hilde Domin(1912-?)의 질문이 생각났다.

더 이상 놀라울 일이 없을 듯한 사건이 세계 도처에서 연이어 터지고 있는 현대사회에서 실로 서정시가 할 수 있는 일은 "전혀" 없는 듯 여겨진다. 그러나 원래 시에 어떤 기능이 있었던가? 어떤 역할을 수행한 적이 있었던가? 행사시이거나 홍보용, 선전용 류의 것을 제외한다면, 순수한 시란 헤세의 정의대로 "체험하는 자아"에게서 저절로, 자발적으로 터져 나온 "절규이고, 비탄이며, 한숨이고 미소이며 ...", "체험하는 영혼의 소망의 상 Wunschbilder, 이며 치유력을 지닌 마법의 주문 Zauberformeln이다."

시를 문학의 최초의 형태로 볼 때 아마도 대자연의 소리들을 모방하면서 시작되었을 것이라 학자들은 믿고 있다. 새소리 물소리 천둥번개 치는 소리 ... 꽃이, 나비가 아름다웠을 것이고 무지개를 잡으러 달려가 보기도 하였으리라.

이렇게 시는 태생적으로 누구의 강요에 의해, 어떤 역할을 부여 받아 씌여진 것이 아니라, 수차 강조하지만 인지된 인상에 대한 체험하는 자아에게서 저절로 터져 나와 생성되었고, 되고 있고, 될 것이다. 이러한 극히 자연스럽고, 자발적인 외침이 그러나 어째서 어떤 시대 어떤 사람에게는 "거의 범죄처럼 Was für Zeiten ist es, ein Gespräch mit Bäumen fast ein Verbrechen ist"(B. Brecht, 1898-1956) 여겨지는 것일까. 오히려 그건 이 시대에도 "나무(자연)와의 대화"를 간절히 바라는, 진정한 서정시에의 열망이 아닐까. 헤세는 이렇게 답했을 것이다. "내일엔 어쩌면 이미 파괴되었을지도 모르는 세상 한 복판에서 시인이 그의 어휘들을 고르고 긁어모아 제자리를 잡아 주는 작업을 하는 것은, 초원에서 지금 한창 자라고 있는 아네모네와 프림로즈가 여전히 피고 지는 역사(役事)에 참여하고 있는 일이나 꼭 같은 현상이다. 초원은 언젠가, 어쩌면 내일 수류탄에 의해 파괴되고 독가스에 질식될는지도 모른다. 그러나 꽃들은 그 가능성에 전혀 방해받지 않으면서 세심하게 제 꽃잎들과 꽃받침을 보살펴 대여섯 꽃잎이 가능한 한 가장 고운 모습을 유지하며 피어날 수 있도록 온힘을 다해 배려하는 것이다."

이와 같은 헤세의 답변은 헤세에게, 비록 그 자신은 세계와 동떨어져 칩거해야 하는 희생을 치르더라도 – 외부에서의 파괴를 뭔가 건설적인 것으로써 응답하고, 외부로부터의 강요에는 가능한 한 강요받지 않는 내면적인 것으로써 대응하는 것 – 그것이 그 자신의 단순성처럼 보이는 대자연의 고아(高雅)함에 일치시키는 것이었다. "스스로 이해하는, 그러나 볼 줄 아는 눈에는 기적"인 것이다.

크게는 일, 이차 세계대전과 그사이에 일어나는 잡다한 역사적 사건들과 개인적으로 제대로 굴러가 본 적이 없는 듯한 가정생활, 자신의 잦은 와병과 특히 정신적 위기 등 그의 어느 주인공 못지않은 굴곡진 삶을 영위해 갔던 헤세는 어느 시대 누구보다 험난한 세상을 살아갔던 시인이다. 이념과 생각하는 바가 다를 수 있어 사회의 외곽지대, 그늘진 쪽에서 "40이 채 안된 나이에/ 벌써 허리가 굽은/ 청소부 아줌마"를 외면하며 붓을 들고 있을 순 없는 노릇이라고, 이제 벌써 한 세기 쯤 전에 개탄했던 시인이며 극작가 브레히트(B. Brecht, 「서정시가 적절치 못한 시대 Schlechte Zeit fuer Lyrik」)보다 결코 순탄한 삶을 살아간 사람이라고 볼 수는 없다. 다만 이렇게는 말할 수 있을 것이다. 두 시인 모두 각기 다른 방식으로 우리의 심금을 울리는 시를 써준 고마운 사람들이라고. 그리고 한결같이 진정한 "서정시"를 쓰고자 안간힘 했으며, 서정시가 되도록 많이 읽히고 씌여져 그 작업 중에 일어나는 잠시 내면화의 휴식 동안에, 쓰는 이 읽는 이 모두 내면의 성찰과 침잠을 통해 영혼의 정화를 얻을 수 있기를 바랐을 것이라고. 그러므로 서정시는 언제 어느 때고 읽을 만하고 그 보람이 충분히 있기에 그것으로 그 기능은, 만일 있다면, 충분히 수행하는 것이라고. 힐데 도민의 "오늘날 서정시는 무엇 때문에 필요한가?"라는 질문에도 같은 답을 제시할 수밖에 없다. 시는 존재해 왔고 존재하고 있으며 존재할 것이다. 왜냐하면 서정시란 우리로 하여금 내면화의 길을 열어주기 때문에. 꽃을 노래한 시를 읽는 동안 잠시 성찰을 통해 꽃에 대해, 하늘에 대해, 꽃의 시들어 갈 모습에 대해, 나에 대해 나의 시들음에 대해 ... 잠시 생각하는 일이 일어날 것이고 그건 바로 내면으로의 침잠이며 분망한 일상생활 중에 주어진 찰나적 휴식이다. 이 휴식이 반복되면서 우리는 꽃만 보는 데서 나아가 바람직한 삶의 방식에 대해서까지 숙고하게 되는지도 모른다.

　　바로크시대 이래 서구 시 내지 서구 시인들이 한결같이

추구해 왔던 것은 옛 그리스 신화의 세계 속에서 제신諸神들
과 노닐며 누리던 인류의 황금기 goldenes Zeitalster를 구
현하는 것이었다. 횔덜린 F. Hoelderlin(1770-1843)을 비롯
해 현세에 다시 살아봄직한 이상향 Utopie의 구현을 격렬
히, 혹은 나직이 호소하고 외쳤던 시인들은 결코 행동의 시
인은 아니었다. 그러나 행동하는 그 어떤 이들보다 더 절절
하게 인간성을 향해 호소력 있는 저들의 서정시로써 무딘
감성을 자극하고 동요시켜왔던 것이다. 헤세 또한 자극적이
지 않은 은밀하고 나직한 소리로 독자의 심금을 울려 예의
내면화를 통한 자기침잠 속에서 생산적인 성찰을 이룰 수
있기를 바랐을 것이다. 이 가을 우리 독자들에게도 헤세가
권하는 내면화의 휴식이 있기를 바래본다.

출간을 생각하며 시작한 번역작업은 아니었다. 그러나
옮긴 시가 100편 가까이 육박하면서 막연히 출간에 대해 생
각하지 않을 수 없었다. 이때도 선물처럼 종문화사 임 용 호
사장님은 와주셨다. 학교 옛 동료교수님의 소개로 알게 된
이분은 헤세에 대한 방대한 문학적 전기적 정보를 지니고
계신 분이었다. 하나를 아는 척하면 네댓 가지를 제시하여

나를 주눅 들게 하였다. 물론 이 정보는 고스란히 나에게로 들어와 줄 것이었다. 학문적 문학적 소양도 남달라 배운 점 많다. 특히 우리말로 옮기는 작업에서 빠질 수 있는 바람직하지 못한 제반 타성들의 지적은 정말 고마운 일이었다. 헤세에 대한 각별한 애정과 지식이 도움도 되지만 은근히 겁이 나는 것도 사실이다. 역시 생산적으로 이분을 사용하는 수밖에 없을 듯하다. 그동안 얼마간의 번역작업을 해 왔으나 종문화사와 같은 관계는 특별한 체험이었고 정말 고맙기 그지없다.

2015년 10월   이 정 순

(번역은 Hermann Hesse, Die Gedichte, Sämtliche Gedichte in einem Band. Suhrkamp 12. Aufl. 2013판에서 선정하였음을 밝힌다.)

헤르만 헤세 시집/ 벗에게 시집을 들고

초판 1쇄 인쇄 2015년 10월 20일 | 초판 1쇄 출간 2015년 10월 30일 | 지은이 헤르만 헤세 | 옮긴이 이정순 | 펴낸이 임용호 | 펴낸곳 도서 출판 종문화사 | 편집 이태홍 | 디자인오감 | 인쇄 · 제본 한영문화사 | 출판등록 1997년 4월 1일 제22-392 | 주소 서울시 중구 충무로 4 가 120-3 진양빌딩 673호 | 전화 (02)735-6891 팩스 (02)735-6892 | E-mail jongmhs@hanmail.net | 값 15,000원 | ⓒ 2015, Jong Munhwasa printed in Korea | ISBN 979-11-954022-7-4 03850 | 잘못된 책은 바꾸어 드립니다.